KB162052

모든 멋진 일에는
두려움이 따른다

모든 멋진 일에는 두려움이 따른다

: 이연이 말하는 창작에 대한 이야기

초판 발행 2023년 9월 15일
2쇄 발행 2023년 9월 25일

지은이 이연 / **펴낸이** 김태헌
총괄 임규근 / **책임편집** 권형숙 / **기획편집** 김희정 / **교정교열** 박성숙 / **디자인** 형태와내용사이
영업 문윤식, 조유미 / **마케팅** 신우섭, 손희정, 김지선, 박수미, 이해원 / **제작** 박성우, 김정우

펴낸곳 한빛라이프 / **주소** 서울시 서대문구 연희로 2길 62
전화 02-336-7129 / **팩스** 02-325-6300
등록 2013년 11월 14일 제25100-2017-000059호 / **ISBN** 979-11-93080-10-8 03810

한빛라이프는 한빛미디어(주)의 실용 브랜드로 우리의 일상을 환히 비추는 책을 펴냅니다.

이 책에 대한 의견이나 오탈자 및 잘못된 내용에 대한 수정 정보는 한빛미디어(주)의 홈페이지나 아래 이메일로 알려 주십시오. 잘못된 책은 구입하신 서점에서 교환해 드립니다. 책값은 뒤표지에 표시되어 있습니다.
한빛미디어 홈페이지 www.hanbit.co.kr / **이메일** ask_life@hanbit.co.kr
한빛라이프 페이스북 facebook.com/goodtipstoknow / **포스트** post.naver.com/hanbitstory

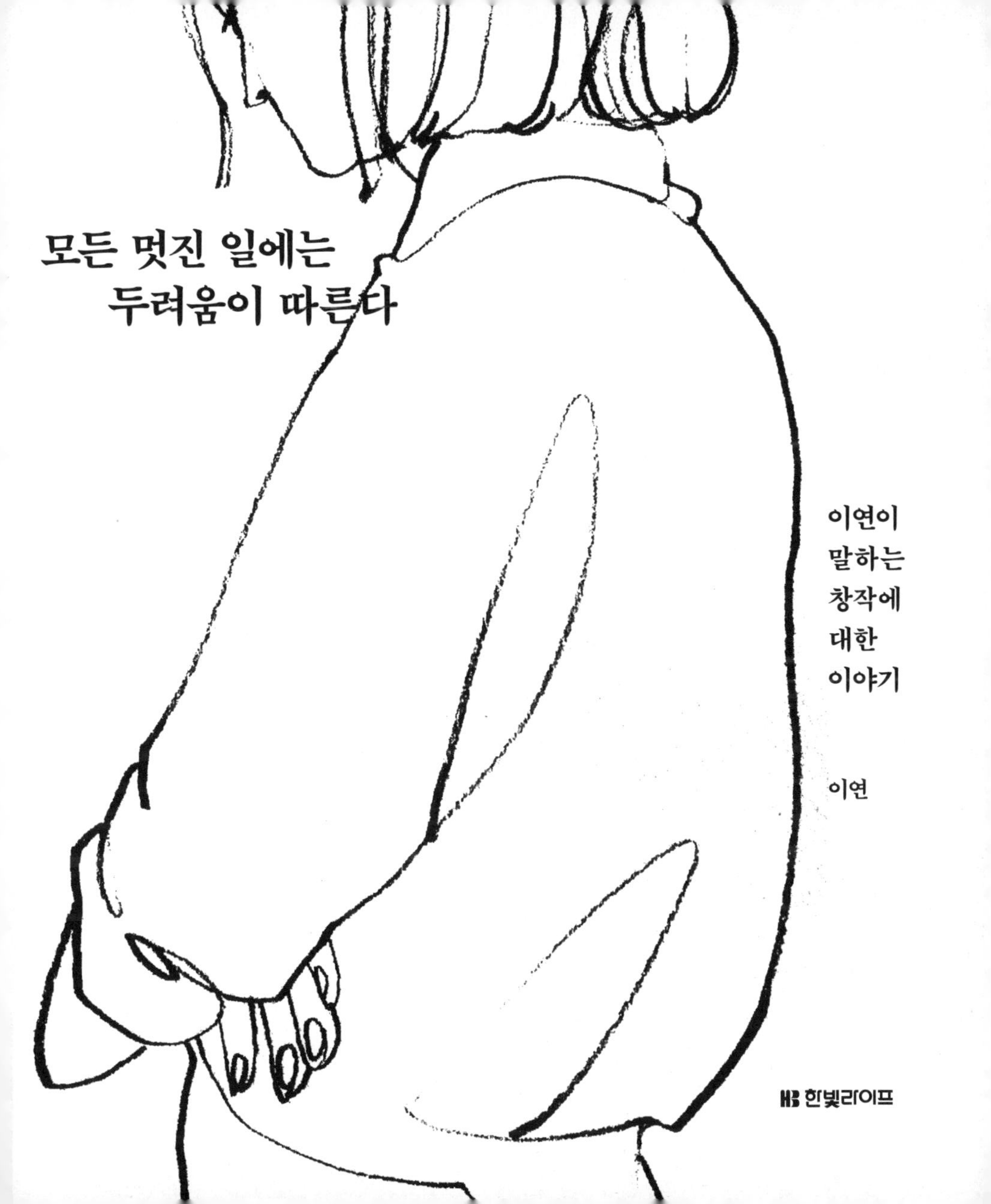

모든 멋진 일에는 두려움이 따른다

이연이 말하는 창작에 대한 이야기

이연

HB 한빛라이프

들어가며

“어른들이 들으면 뭐라고 할 만한 쓸데없는 일들을 잔뜩 하겠습니다.”

2015년 1월. 대학 졸업 후 무엇을 하겠냐는 질문에 내가 했던 대답이다. 신기하게도 나는 정말 그런 어른이 되었다. 어른들이 들으면 뭐라고 할 만한 일을 하는 사람, 돈 안 되는 일들로 먹고사는 사람, 즉 창작자가 된 것이다. 정말 이런 삶이 가능한지 스스로도 얼떨떨하다. 호기롭게 내뱉은 청춘의 대답이 문득 서른이 지나 궁금해졌다. 이렇게 계속 쓸데없는 일을 하면서 살아도 되는 건지, 창작을 하겠다고 했던 이유가 무엇인지 말이다.

나는 이 모든 질문에 “괜찮다”라는 대답을 하고 싶어서 이 책을 썼다. 내가 두려워하면서 하는 이 일이 사실은 멋진 일이고, 창작은 쓸모없어 보이지만 쓸모없는 일이 아니며, 사람들을 행복하게 만들 수 있다고 말이다. 그래야 내가 이 재미있는 일을 걱정 없이 오래 할 수 있을 테니 말이다.

대답을 위해 여섯 가지 큰 질문을 던졌다. 왜 창작을 하는지, 언제 하는지, 어디서 하는지, 어떻게 하는지, 무엇을 하는지, 누가 하는지. 물론 나는 이와 같은 큰 질문에 대답하기엔 부족한 사람이다. 거장도 아니고 나이도 많지 않으니 말이다. 사실 그래서 썼다. 미완의 사람 중 가장 용기 있는 사람 하나가 이런 글을 써야 하지 않을까 싶었다. 짧게 뱉어도 길게 남는 거장의 말보다, 아무리 길어도 남기 어려운 청년의 말에는 그 나름의 희소성이 있다고 믿는다. 그러한 가치를 아는 사람이라면 나름 새로운 맛으로 이 책을 읽을 수 있을 것이다.

세 번째 책인데도 수년을 붙잡아 간신히 썼다. 이 책을 쓰는 일이 자주 두려웠던 걸 보면 제목처럼 내가 멋진 일을 해내려고 그랬던 건가 싶기도 하다. 이 책이 나올 수 있도록 자주 흔들리는 나를 붙잡아준 김희정 편집자님, 그리고 용기를 불어넣어 준 가족과 친구들에게 깊은 사랑과 감사를 전한다.

이 책이 창작에 대한 소박한 대화가 필요한 이에게 읽히길 바란다.

8월, 가을을 기다리며

이연

차례

Where - 어디서 하는가?

How - 어떻게 하는가?

What - 무엇을 하는가?

Who - 누가 하는가?

Why

―

왜 하는가?

몰라도 상관없다

창작은 유용함으로 가치를 매기지 않기에 자유롭다. 따라서 처음에는 쓸모없음에서 시작해도 괜찮다. 거창한 사명이나 이유 따위는 없어도 된다는 말이다. 사람들은 뭐든 어느 정도는 될 것 같다는 확신이 있어야만 시작할 수 있다고 생각한다. 특히 창작자가 되는 일에서 그렇다. 그림을 그려서 먹고살 수 있나요? 꼭 미술 대학을 졸업해야 하나요? 엄청나게 잘 그려야 하나요? 답을 내릴 수 없다. 그림으로 돈을 번다고, 미술 대학을 졸업했다고, 엄청나게 잘 그린다고 창작자가 되는 것은 아니니 말이다.

많은 일이 믿음을 씨앗으로 사실이 된다. 당장 오늘부터라도 자신을 창작자라 믿는 일이 터무니없어 보이겠지만 실제 창작자가 되는 데는 큰 도움이 될 것이다. 자격이나 커트라인 등을 생각할 필요 없다. 실제로 많은 분야의 창작자들이 자격증에 연연하지 않는다. 그런 것으로 자신을 증명할 필요가 없기 때문이다.

과한 증명이 오히려 자신 없음을 드러내는 경우도 있다. 물론 확신 없는 일에 자신감을 갖지 못하는 건 자연스러운 일이다. 나 또한 자신 없음의 반증으로 못하는 공부를 오래도 붙잡고 있었으니 말이다.

작가가 되고 싶다고? 유튜버가 되고 싶다고? 네가 만든 것을 세상이 알아줬으면 좋겠다고? 누군가는 비웃듯 반문할 것이다. 실제로는 그렇게까지 거칠게 말한 사람은 한 명도 없었다. 하지만 늘 나의 내면에서 그런 소리가 매섭게 들려오곤 했다. 심지어 끊임없이, 잠도 못 자게 새벽까지 나를 괴롭혔다.

내 주제에 이런 걸 꿈꾼다고? (그럴 주제가 따로 있나 싶다.) 그거 얼마나 힘든 일인지 알아? (안 해봐서 모른다.) 그런 건 특별한 사람들이나 하는 거 아니야? (이런 걸 꿈꾸는 이상 특별하진 않아도 꽤 특이한 인간인 것은 맞지 않을까.)

당시에는 나에게 괄호 안에 담긴 반박이나 토닥임을 건넬 수 없었다. 왜라는 질문은 밑도 끝도 없이 깊어서 사람을 작아지게 만든다. 그러면서도 이런 생각이 든다.

나는 이걸 왜 하고 싶지?

몰라도 상관없다. 실제로 그런 이유가 따로 있지는 않기 때문이다. 생각이 너무 많아질 때는 그냥 다 끊어내고 단순해지는 것도 방법이다. 내 유튜브 채널에서 조회수가 두 번째로 높은 영상이 '복잡한 풍경 쉽게 그리는 법'이다. 그 영상에서 나는 "자잘한 요소를 바라보지 말고, 공간에서 가장 큰 선을 찾으세요"라고 말한다. 그 그림에서 내가 찾아낼 선은 네 개가 채 되지 않는다. 이처럼 백지에서 가장 단순하고 긴 선을 긋고 시작하자.

내가 본 작가들은 자신이 작가가 될 거라 예상하지 못했다고 말한다. 어쩌면 그들은 확신이 없어서 시작할 수 있었던 게 아닐까 싶다. 생각이 많으면 오히려 아무것도 못 한다. 누구나 처음에는 우연히 시작한다. 우연을 굳이 운명으로 여길 필요도 없다. 몸 안에 꿈틀거리는 말과 생각이 있다면 일단 아무 선이나 그어보자.

고민이 길어지면 시작만 늦어질 뿐이다. 늦어져서 좋았던 건 없었다. 진정으로 즐거운 일들은 언제나 이런 후회를 안겼다.

더 빨리 해볼걸.

내가 무슨 얘기를
하려는 건지 잘 모르겠어.

그리고 내가 하는 것들을 꼭
사람들에게 이야기해야 하나 싶어.

나도 그저 떠오르는
것들을 기록하고
있을 뿐이야.

그런데 그런 문장이 모이면,
그게 뭔가를 말하고 있더라고.

걷다 보면 이유를 발견하게 된다

살면서 발견한 비밀 하나를 얘기해주고 싶다. 에너지를 쓰다 보면 또 다른 에너지가 나온다는 사실이다. 이를테면 운동을 하기 전에는 시간이 없거나 힘들어서 할 수 없다고 생각한다. 하지만 운동을 하다 보면 운동은 여느 일이 그렇듯 시간을 내서 해야 하는 일이라는 걸 깨닫는다. 내가 평소에 힘이 들었던 것은 체력이 부족했기 때문이며, 그런 상태라면 더욱이 운동을 해야 한다는 걸 알게 된다.

운동을 하지 않는 사람들은 운동이란 에너지를 쓰는 일이라고 생각하지만 운동을 하는 사람들은 안다. 본디 운동이란 에너지를 얻기 위해 하는 활동이라는 사실을 말이다. 창작도 마찬가지다. 창조성이 있어야 할 수 있는 게 아니라, 하다 보면 창조성이 자란다. 방법을 알기 때문에 시작하는 게 아니라, 하다 보면 방법을 알게 된다. 이 모든 원리는 세상 대부분의 일에 적용된다. 따라서 창작을 하지 않으면 당신이 창작을 해야만 하는 이유는 평생 알 수 없다.

또 다른 비밀을 알려주겠다. 살아 있다는 건 움직인다는 사실이다. 고로 움직이지 않으면 죽은 것과 다르지 않다. 움직인다는 건 단순하다. 변화하는 것이다. 우리 마음이 잔잔한 호수 같지 않고 자꾸 거칠게 파도가 치는 건 살아 있기 때문이다. 마찬가지로 종이는 쓰이지 않으면 죽은 것이다. 펜도 그렇다. 태어나지 않은 문장도 살아 있지 않은 것이고, 읽히지 않는 문장도 죽은 상태다.

살아 있는 것들은 빛이 난다. 물건을 보면 알 수 있다. 주인이 오래 아끼고 사랑해주는 물건은 언제라도 쓰일 준비가 되어 있으며, 생기가 돈다. 하지만 구석에 처박힌 물건은 새것일지라도 빛바랜 인상을 갖는다. 몸통에 새겨놓은 유통기한이 지났다면 정말로 죽은 것이다. 우리 몸도 마찬가지다. 자꾸 움직이고 사용해야 빛이 난다. 글도 계속 써야 잘 쓸 수 있고, 그림도 계속 그려야 잘 그릴 수 있다. 진리는 결국 이처럼 단순하다.

높은 곳에 있는 물체는
그 자체로 에너지를 갖는다.

기분, 신체, 꿈을
높게 유지하라.

누군가 나를
끌어내려도
결코 낮아지지
말 것.

위치 에너지를 수호하라.

어떤 일이든 이유가 없으면 지속할 수 없다. 하지만 계속 붙잡고 있으면 어떻게든 이유를 찾게 된다. 한번 해보자. 당신만의 이유를 찾기 위해 창작을 지속해보자.

내가 지금 그림을 그리는 이유는 뭘까. 돈이 돼서? 아니다. 나는 그림으로 돈을 벌고 있지 않다. 내 생각을 표현하고 싶어서? 그 또한 아니다. 나는 그냥 내 손이 즐겁게 춤추는 게 좋을 뿐이다. 그렇다면 왜? 그림을 그리는 순간에 나다움의 영점을 찾기 때문이다.

내게 주어진 일을 하고 사람을 만나다 보면 나 자신이 점점 흐려지는 게 느껴진다. 창작하는 내가 잠시 죽은 듯한 기분이 든다. 그래서 나는 어두운 방에서 스탠드 불만 켜고 그림을 그린다. 연필이 종이에 닿는 소리를 들을 때 비로소 살아 있다는 안도를 느낀다. 떠났던 영혼이 손끝부터 스미는 느낌이다.

창작을 왜 하나요?

뭔가를 말하고 싶어서요.

무엇을요?

뭐든 말하고 싶은,
이 알 수 없는 기분을요.

이유가 필요한 순간

나는 어릴 때 화가가 어떤 삶을 사는지 궁금했다. 그래야 그게 살 만한 삶인지 아닌지 판단할 수 있으니까. 고등학생 때는 도서관에 꽂힌 미술책을 거의 다 읽었다. 가장 좋아했던 화가는 고흐다.

당시 나는 내가 그림을 그리면 고흐 같은 삶을 살 거라는 생각이 얼마나 큰 오만인지 깨달았다. 고흐처럼 그림에 몰입하기도 어렵고, 잘 그리기도 어렵고, 순수하면서 솔직하기도 어렵기 때문이다. 다들 고흐처럼 다작하고 잘 그릴 수도 없으면서 고흐의 삶을 불행이라 여긴다. 일주일에 겨우 서너 번 수영을 하면서 어깨가 넓어질까 봐 걱정하는 모습과 다를 바 없다.

당신은 고흐가
될 수 없다.

당신은 그저 자기 자신이 될 뿐이다.

내가 누구인지 알고 싶을 때,

비로소 나 자신을 발견한다.

조금 더 실용적인 이야기를 해보자. 창작을 업으로 삼아도 괜찮을까? 현실적인 대답을 하자면 '알 수 없음'이다. 사람마다 자신에게 맞는 일이 다르다. 나만 해도 그림을 주업으로 삼고 있지 않다. 나는 그림을 그릴 때 손에 힘을 많이 주는 편이라, 장시간 그림을 붙잡고 있으면 손목과 손가락에 통증이 따른다. 회사를 다니는 일도 마찬가지다. 맞지 않는 사람과 함께 일을 하면 역류성 식도염에 걸린다.

내게 맞지 않는 일은 쉽게 찾을 수 있다. 몸의 반응을 살피면 된다. 내게 맞지 않는 사람도 마찬가지다. 그렇다면 내게 맞는 일과 사람은 어떻게 찾을 수 있을까? 비슷하다. 내 몸과 마음을 들여다보자. 건강이든, 기분이든, 더 나아지게 만드는 것이 나와 상성이 잘 맞는다.

지금은 꽤나 현실적인 이유로 창작을 한다. 나는 기본적으로 생각이 많은 사람이다. 문제는 이 생각을 주기적으로 배출하지 않으면 머리가 시끄러워지면서 예민해지고 우울에 빠지기 쉽다. 그런 면에서 그림은 내게 조금 답답한 표현 방식이었다.

나는 더 적확한 언어로 내가 생각한 것들을 포착하고 싶었다. 그래서 글을 쓰기 시작했고, 그것이 나중에는 말하기가 되었다. 그 모든 것이 모여 만들어진 게 지금의 유튜브 채널이다. 지금은 그림만 그릴 때보다 더 건강한 삶을 살고 있다. 전부 해보고 나서야 깨달은 사실이다.

뭐든 미리 알고 시작하는 사람은 없다. 그러니 마음을 조금 편히 갖자. 창작이 맞는지는 해봐야 안다. 누군가 섣불리 창작을 업으로 삼는 것을 막는다 해도 겁먹지 말자. 남들이 싫어하는 것이 내게는 좋을 수도 있으니까. 절대적인 정답은 없으니까. 내가 이 분야의 천재일 수도 있으니까.

구독자가 1000명만 되어도 좋겠다고 생각한 나는 내가 87만 유튜버가 될 줄은 상상도 못 했다. 이따금 현실이 꿈보다 더 비현실적일 때가 있다.

모든 가능성을 안고 일단 해보자. 그게 당신의 기분을 조금이라도 나아지게 만든다면 어느 정도 잘 맞는다는 뜻이다.

좌절과 절망만 준다면 다른 행복을 찾아 나서자. 우리가 할 수 있는 일은 많다. 반드시 해야만 해서 하는 창작은 없다. 그러니 좀 더 산뜻하게 하자. 없어도 된다. 뭐든. 그럼에도 하는 건 좋아서일 것이다. 그것으로 충분하다. 창작의 이유는 점점 더 발전하게 될 테니 말이다.

여러 콘텐츠 혹은 강연자나 성공한 사람은 이런 이야기를 한다. 돈을 벌거나 성공하려는 마음으로 이 일을 시작하지 않았다고. 글쎄, 성공까지는 아니지만 나름대로 원하는 것을 성취한 입장에서 조금 솔직하게 이야기해보겠다. 나는 돈을 벌거나 성공하려는 마음으로 이 일을 시작했다. 다만 그게 뭔지 알기 어려웠고, 찾는 과정이 꽤 답답했다. 그래서 이것저것 해보다 결국 지금의 모습이 되었다.

모르고 이뤘다는 말은 일부 맞는 말이다. 하지만 정말로 야심 없이 순수한 마음만으로 이루는 것은 쉽지 않다. “돈을 생각하지 말고 하세요”라는 말을 순수하게 믿지 않길 바란다. 돈 생각을 아예 하지 않았다는 말이 아니다. 몰입하다 보니 돈보다 생각할 게 많았다는 뜻에 가깝다.

지금도 나는 항상 불안과 욕심을 함께 안고 있다. 그리고 그 마음들이 계속 나를 성장시키고 있다고 믿는다. 두려움을 가지라는 말도, 욕심내라는 말도 아니다. 자연스러운 생각이고 나쁜 마음이 아니라는 말이다.

내면에 꿈틀거리는 욕심의 모양을 살펴보자. 그 안에 무엇이 들어 있는가? 그 또한 창작의 이유가 될 수 있다.

친구들보다 잘 그리고 싶어.
16세

교수님께 인정받고 싶어.
22세

좋아하는 일로 행복하게 살고 싶어.
26세

더 큰 용기를 갖고 싶어.
30세

아무것도 정해져 있지 않다

이유를 찾은 후에도 창작의 이유는 끊임없이 바뀐다. 그러니 처음부터 당신이 창작을 하는 이유나 의미를 찾을 필요는 없다. 단순하지만 사실이다. 신기하게도 진정한 이유는 찾아봐야겠다는 다짐에는 보란 듯이 코웃음을 치며 모습을 드러내지 않는다.

오히려 끈질긴 질문을 던지면 어쩔 수 없다는 듯 꼬리를 슬쩍 내밀어 힌트를 주고는 달아난다. 그 질문은 이것이다. 이거 안 해도 되는데 왜 하고 있지? 첫 장에서 말한 그냥과 연결되는 이야기다. 여기에는 실로 다양한 답변이 나올 수 있는데, 이를테면 이런 말들이다.

이 일을 같이 하는 사람들에게
폐를 끼치지 않기 위해서.

인정받고 싶어서.

재미있어서.

돈이 돼서.

나는 앞선 이유 네 가지 전부에 해당한다. 그리고 이 이유들은 더 추가되거나 계속 바뀔 것이다. 내게는 창작을 하는 정해진 이유나 의무 같은 건 없다. 이걸 아는 게 중요하다. 정해진 의무가 없는데도 이걸 하는 이유, 더 깊은 이유가 심연에 있다. 사실 정해진 게 없어서 하는 거다.

사람들은 타인이 무언가를 정해주길 바란다. 그래서 콘텐츠를 만들 때도, 내 경험을 바탕으로 어떤 사실들을 정리해서 정해주는 콘텐츠를 만들면 반응이 좋다. 그게 바로 창작자와 소비자의 차이다. 창작자는 룰을 배우고, 익혀서, 만드는 사람이다. 소비자는 룰을 따르거나 평가하는 사람이다. 창작의 룰을 찾는 이상 영영 창작자가 되기는 어렵다. 이 책을 펼친 이유가 성공한 창작자가 될 수 있는 방법을 알고 싶어서였다면 유감이다. 창작에 정해진 룰은 없다. 규칙은 당신이 직접 만들어야 한다.

내가 돈을 버는 방식 (2023ver)
유튜브와 연재 콘텐츠로 고정 수입을 확보한다.

고정 수입으로 편집자, 매니저, 사무실 비용을 지불한다.

영상을 더 많이 만들 수 있고, 커뮤니케이션은 매끄러워지고, 미팅 성사율은 높아진다.

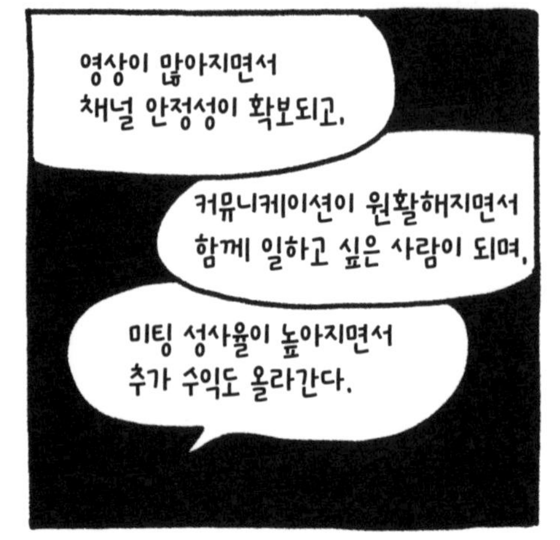
영상이 많아지면서 채널 안정성이 확보되고,
커뮤니케이션이 원활해지면서 함께 일하고 싶은 사람이 되며,
미팅 성사율이 높아지면서 추가 수익도 올라간다.

내가 돈을 버는 규칙이다. 당연히 누구도 이 규칙을 똑같이 따를 수 없다. 그러니 각자에게 맞는 규칙을 만들어야 한다. 그렇다면 규칙은 어떻게 만드는 것일까? 우선 다양한 규칙 속에서 살아보자. 그리고 마음에 드는 게 있다면 슬쩍 그 양식대로 살아보자. 잘 맞는 부분도 있고, 아닌 부분도 있을 것이다. 수많은 피드백을 거치며 나에게 잘 맞는 형태로 규칙을 다듬고 고치면서 만들면 된다. 그러기 위해서 전제되어야 하는 자세가 있다. 바로 수용하는 태도다.

수용을 잘하는 사람이 더 나은 규칙을 만들기가 유리하다. 만약 지금의 당신이 용기가 조금 부족하다면, 다음과 같은 지침을 참고해 삶에 적용해보자.

엉뚱한 결정을 하는 친구의 말 따르기

내 경우 효과가 가장 컸던 방법이다. 나라면 곧 죽어도 하지 않을 일을 하는 친구를 사귀어보자. 이를테면 나는 자전거를 탈 때 늘 같은 코스로만 다니는 편이다. 하지만 엉뚱한 친구와 타면 늘 다른 곳으로 다녀온다. 나는 그 여정에서 결정을 거의 하지 않고 친구의 말을 묵묵히 따른다(평상시 나는 로봇 수준으로 결정을 잘하는데도 말이다).

엉뚱한 친구는 수용하는 사람을 흥미로워한다. 그래서 더 재미있는 곳으로 많이 데리고 간다. 친구를 따라다니다 보니 어느새 나는 자전거를 230킬로미터나 타고 있었다. 그 안에서 자전거 세계의 수신호, 패션, 문화 등을 많이 학습했다. 친구 덕분에 거부감 없이 자연스럽게 새로운 규칙을 익힌 셈이다.

일부러 새롭게 살기

종종 두 가지 선택지를 마주한다. 아는 맛과 모르는 맛. 나는 주로 아는 맛을 골라왔는데 이제는 일부러 모르는 맛을 고른다. 이것이 비단 음식에 대한 비유만은 아니라는 걸 알아주길 바란다. 종종 모르는 맛이 충격적일 때도 있다. 원치 않는 끔찍한 결과나 고약함을 선사한다. 최악일 때는 왜 최악인지 분석해본다. 백종원 대표는 잘되는 가게보다 망한 가게를 통해 더 많은 공부를 할 수도 있다고 했다. 나의 선택도 망할 수 있다. 하지만 그것이 새로움이었다면 그걸로 됐다.

반복되는 일이었다면, 그 반복이 주는 새로우면서도 끔찍한 감정이 있다. 우리는 그것을 기회 삼아 반성을 할 수 있다. 새로움 속에는 배울 수 있는 것이 많고, 그 안에는 내가 규칙을 만들 때 참고할 사항이 정말로 많다. 새로움의 가치를 믿어야 기존과는 다른 시도를 할 수 있다. 물론 이따금 안도를 주는 아는 맛이 필요하기도 하다. 모든 일과 마찬가지로, 이 또한 밸런스를 잘 유지하면 된다.

다양성 인정하기

종종 싫다는 생각이 드는 사람을 만난다. 내가 도무지 이해하기 어려운 사람을 만날 때는 이 말을 떠올린다. "말을 물가에 데려갈 수는 있어도, 물을 마시게 할 수는 없다." 어떤 이든 내가 당연하다고 생각하는 삶의 양식이나 태도를 취하지 않아도 나무랄 수 없다. 그걸 인정하면 미움이 사그라지고 조금은 괜찮아진다.

물론 종종 물을 마셔야 하는 긴급한 상황도 있다. 그럴 때는 물가에 데려가면 된다. 목마른 말은 물을 마시게 되어 있다. 모든 것을 방치하고 방임할 필요는 없지만, 책임지지도 않을 거면서 왈가왈부하며 평가할 필요 또한 없다. 그렇게 인정하고 바라본 것들이 때로는 싹을 틔워낸다. 나는 그런 모순에서 많은 것을 배운다.

규칙 속에서 살아보기

회사를 다녀보길 잘했다고 생각한다. 회사 안에는 지켜야 할 다양한 규칙이 있다. 그뿐인가, 규칙은 회사마다 달라 이직할 때마다 새롭게 적응해야 한다(나는 공식적으로는 회사를 네 곳 다녔다). 처음엔 힘들지만 그런 과정을 거듭하다 보면 타인이 만든 규칙에서 많은 것을 배울 수 있다.

우선 살면서 한 번은 ○○의 사람이 되어보자. 처음에는 적응이 쉽지 않아 힘들다. 하지만 〈미생〉의 한 장면처럼 자연스럽게 우리 애라는 인정을 받는 순간이 온다. 그 순간은 내가 이곳에서 친구를 사귀었는지가 지표다. 기쁜 마음으로 충분히 헌신하라. 그리고 마음 깊이 깨어 있는 상태로 내가 여기서 무엇을 배우고 가져갈지 기억하자. 탕비실에 있는 커피와 필기구는 제자리에 두고 그보다 더 값진 기업 문화를 훔쳐오자.

중요한 건, 해야 할 것보다
하지 말아야 할 게 많다는 사실이다.

BRAND

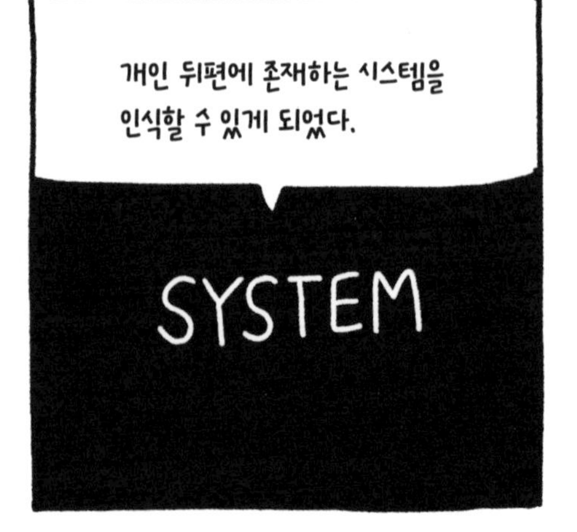

왜 규칙을 정해야 하는지 궁금할 수 있다. 스스로 무언가를 결정하고 지키는 일이 창작의 첫걸음이다. 규칙을 어기는 것이 아니라, 새로 만든 규칙을 따르는 것에 가깝다. 남이 정해주는 것만 해서는 평생 창작을 할 수 없다. 그런 모습은 결코 자유가 아니다. 내 모든 창작은 작은 반항에서 시작되었다. 반항을 들키지 않고 효과적으로 하려면 그 세계가 갖고 있는 여러 규칙 속에서 살아보고, 그걸 받아들이면서 자연스럽게 녹여내야 한다. 그러면서도 자신을 잊지 않아야 한다.

소금을 떠올려보자. 바다에 녹아 있는 소금처럼, 잠시 바다가 되어보자. 그다음 파도를 타고 밀려나 모래 위로 나와 볕을 만나면 당신은 다시 자신의 모습을 찾는다. 그 소금은 파스타가 될 수도, 목욕물이 될 수도, 신전이 될 수도 있다. 무엇이든 될 수 있는 존재다. 훗날 깨달을 것이다. 고유한 창작물은 새로운 규칙 안에서 탄생한다는 사실을 말이다.

When

—

언제 하는가?

시작하는 방법

창작을 하기에 가장 좋은 나이는 없다. 마찬가지로 창작을 하기에 가장 좋은 시간도 정해져 있지 않다. 하지만 창작을 하지 못할 나이와 창작을 하기 어렵다는 핑계는 많다. 기준도 없고 안 되는 이유만 잔뜩인 세상에서 창작할 시간을 마련하는 게 창작자의 일이다.

나도 이 글을 여행지에서 쓰고 있다. 눈앞에는 로키산맥, 그야말로 대자연이 펼쳐져 있는데 집중될 리가 없다. 그래서 창밖이 어두워진 밤이 되어서야 노트북을 열었다. 연락할 사람 없는 외국의 어느 호텔에서 글을 쓰는 작가가 되어보고 싶었다. 하지만 현실은 촌스럽게 입고 하루에 사진을 100장씩 찍는 관광객일 뿐이다. 그러면서도 생각했다. 내가 창작을 하기 싫은 건가? 그건 아니었다. 다만 오늘 이 날씨에는 곤돌라를 타는 것이 좋겠다는 마음이 앞섰을 뿐이다. 다시 물었다.

창작을 하고 싶다고? 왜?

원고를 미뤄두고 본 풍경이
언젠가 창작에 도움이 되리라 믿는다.

대체로 시작하지 못하는 건 창작을 하고 싶었던 마음을 잊었기 때문이다. 그 생각을 잊으면 머릿속 빈 자리를 창작을 하면 안 되는 이유가 차지한다. 하지만 되지 않는 것이 되는 걸 보기 위해 창작을 하는 게 아니었나? 적어도 나는 그렇다. 나에게 창작은 자유롭지 않은 세상에서 자유를 찾기 위해서였다. 그렇다면 저항해야 한다. 내 시작을 막는 모든 것으로부터.

지저분한 환경

우선 정리부터 하자. 누군가는 지저분한 환경이 편안하다고 하지만 뇌는 그렇지 않다. 끊임없이 방해를 받을 뿐이다. 적어도 누군가는 초대할 수 있을 정도로 환경을 정돈하고 작업을 시작하자. 영감은 앉아 있는 아티스트에게 찾아간다. 누군가가 내 공간에 놀러 온다고 하면 무엇부터 할까? 나는 청소부터 한다. 나는 영감도 적당히 정돈된 공간을 준비해둔 예술가에게 가고 싶어 할 거라 믿는다.

자극적인 것

알람, 게임, 넷플릭스, SNS, 유튜브와 잠시 멀어지자. 그런 것들은 내게 끊임없이 잠깐만 나랑 같이 놀자고 말한다. 내 창작이 죽이 되든 밥이 되든 전혀 신경 쓰지 않는다. 그런 일들과 거리를 두고 심심해서 창작 말고는 딱히 할 게 없을 만큼 지루해져 보자. 실제로 나는 지루할 때 창작에 가장 몰입하고, 많은 영감을 얻는다.

꽉 찬 스케줄

바쁘다는 말로 창작을 미루는 사람? 바로 여기 있다! 이걸 이렇듯 신나게 대답할 수 있는 이유는 나만 그런 게 아니라는 걸 알기 때문이다. 하지만 슬프게도 그래서는 안 된다. 영영 스케줄의 노예가 될 게 아니라면 꽉 찬 스케줄은 내려놓고 고민이 필요하다. 따지고 보면 모든 바쁨은 전부 내가 초래한 일이니 그걸 핑계로 대는 건 이상한 일이다.

그림을 그리기 위해 캔버스를 마련하는 것처럼, 삶에서도 시간이라는 여백을 따로 남겨놓을 수 있어야 한다. 우리가 사랑하는 위대한 창작자들을 떠올려보자. 그들은 과연 시간이 많아서 창작을 할 수 있었던 걸까? 이런 생각을 하면 그들보다 내가 시간이 없다는 게 어쩐지 조금 이상한 일처럼 느껴진다.

창작이 잘되는 때

살면서 누구나 그런 때를 맞는다. 첫눈에 반한다거나, 강렬한 몰입에 이끌리거나, 머릿속에 온통 한 가지 생각이 자리하는 순간. 그런 몰입은 사람뿐 아니라 일에서도 가능하다. 사랑에 빠진 것이다. 하지만 사랑이 늘 불타기만 하지는 않는다. 그럴 때 낡은 처방전이 하나 있다. 서로 좋았던 때를 떠올리는 것이다.

나의 창작은 어떤 나를 좋아했던가? 그가 나를 외면한다고 생각하지 말고 내가 그를 외면하지는 않았는지 생각한다. 때로는 무책임하게 운명에 기대보기도 한다. 우리 사이가 여기까지면 그때는 정말 안녕이겠지. 있는 힘껏 달아나고, 술을 마시고, 도파민 샤워를 하고, 밤을 지새우거나 늦잠을 잔다.

내가 지금 뭘 하고 있지?

잊히면 거기까지다. 하지만 잊히지 않는다면 내가 다시 가야 한다. 창작에 있어 아쉬운 건 늘 나였지만, 나는 그 아쉬움을 사랑이라 생각한다.

세상에는 재미있는 일이 많다. 하지만 그만큼 지루하고 중요한 일도 많다. 재미있는 일만 하면 좋을 것 같지만, 그 시간이 지속되면 내가 중요하지 않은 존재가 된 것만 같다. 그러면 머릿속 냉정한 자아가 질문을 던진다. 네가 꼭 중요해야 해? 넌 평범한 사람이야. 시무룩한 내가 대답한다. 특별할 필요는 없어도, 나는 적어도 흥미로운 삶을 살고 싶은걸.

흥미로운 삶이 뭔데?

그건 말이지.

이렇게 그냥 단순히 재미있는 일을
따라 사는 삶이 아니야.

어려운 일이 때로는 재미있어.

그런 질문 이후에 창작이 가장 잘된다. 온갖 재미를 누리고 지쳐 누워 있을 때 오히려 근원적인 질문에 닿는다. 이게 계속 재밌을까? 파티가 계속될까? 매일 놀기만 할 수 있을까?

전날 마신 술을 털어내는 법은 단순하다. 반성하는 하루를 보내는 것이다. 물을 마시고, 깊은 잠을 자고, 쓰린 속을 부여잡으며 내가 무엇으로부터 도망쳤는지 생각한다. 내가 사랑하는 것으로부터 늘 도망치는 삶은 자신 없다. 돌아가야 한다. 그래도, 조금은 멀쩡한 모습으로 가고 싶은걸. 그럴 때는 종이에 펜으로 다시 고백을 적는다.

내가 너를 피했던 이유는, 열심히 사는 척하면서 바깥일만 신경 쓰고 너를 돌보지 못했던 이유는, 방이 어지러운 이유는, 창작 따위 지겹다며 허세를 부린 이유는…, 이제는 좀 잘해야 할 것 같은데 여전히 내가 부족해서야. 그런 나를 마주하기가 어려웠어.

그러면 흰 종이는 물끄러미 나를 보며 이렇게 말한다.

그럼 어디 한번 제대로
망쳐보시지 그래.

아이러니하게도 나는 망칠 각오를 하면 모든 게 편해진다. 창작이 잘 안 되는 이유는 여러 가지지만 그건 전부 긴 변명일 뿐이다. 단순하게 생각하자. 잘하고 싶어서 그런 거다. 그러니 잘하고 싶은 마음을 내려놓는 것이 시작의 열쇠이자, 좋은 창작으로 가는 길이다. 누군가는 그럼 대충 하라는 거냐고 반박할 수도 있다. 그럴 리가. 잘하고 싶은 마음을 내려놓는다는 건, 망치겠다는 말과 동의어가 아니다. (어느 정도는 비슷하지만) 이는 잘되지 않아도 괜찮다는 마음이다.

좋은 창작물은 때로 아주 많은 우연이 섞이면서 탄생한다. 레오나르도 다빈치도 우연의 행운을 타고난 사람이다. 그가 선사시대에 태어났다면 지금 우리가 보는 작품을 만들 수 있었을까? 극단적인 비유지만 따지자면 그렇다. 지금 우리가 살고 있는 세상도 행운에 가깝다. 나 또한 100년만 늦게 태어났어도 유튜버가 되는 삶은 꿈꿀 수 없었을 테다.

가끔 거울 속에 비친 짧은 머리를 보며 생각한다. 여자가 머리를 짧게 잘라도 되는 세상에 태어나서 다행이라고. 모든 것에 억지로 감사하라는 이야기가 아니다. 우리 삶에는 운으로 좌우되는 일이 많고, 모든 일을 내 노력만으로 이룰 수는 없다는 걸 알아야 한다는 이야기다. 그러니 조금은 힘을 빼자. 잘 안 됐다면, 운이 나빠서였을 수도 있다. 다만 그 최소한의 위로가 소용 있으려면, 처음부터 끝까지 진심을 다해야 한다.

그렇다고 운이 없어서 그렇다는 말만으로 견디며 고독과 멸시를 참을 수는 없다. 처음 몇 번은 운을 탓할 수 있지만, 반복되면 지겹기도 하고 비관적으로 보인다. 그러니 이번에는 조금 쓸모 있는 위로를 건네겠다. 창작은 낚시와 비슷하다. 좋은 낚시터를 찾고, 오래 앉아 있는 건 낚시꾼의 몫이다. 물고기가 다가오고 잡히는 건 운의 몫이다. 그러니 창작하기 좋은 환경에 오래 앉아 고기를 기다리자.

아무것도 낚지 못할 때도 있다. 내가 자주 그렇다. 노트북을 켜두고 오래 앉아서 인터넷 서치만 한다. 인터넷을 막으니 어쩐지 쓸데없는 사진을 정리하고 싶어진다. 지금 써야 하는 건 책인데 갑자기 메일 답신을 하고 싶고, 유튜브 영상의 영감이 떠올라 그쪽으로 도망치기도 한다. 들썩거리는 낚시꾼이 제대로 고기를 낚을 리 없다. 그보다 더 슬픈 건, 그냥 앉아서 열심히 낚았는데 건진 것이 전부 미역 같은 해조류일 때다.

컴퓨터와 침대 사이의 거리는 세 걸음이다. 그 짧은 퇴근길을 무겁게 밟는다. 허무하기 그지없다. 5시간 동안 쓰레기를 썼다니. 침대에 기진맥진한 채로 눕는다. 허접한 글만 쓴 내게 위로를 건네려 애를 쓴다. 그러다 이런 생각이 들었다.

허탕도 낚시에 포함되는 거 아닌가.

아무것도 낚지 못했다고 해서 낚시를 했다는 사실이 사라지지는 않는다. 스스로를 용서하기로 했다. 나 정도면 성실한 낚시꾼이라고! 허탕친 것은 비밀로 하자. 다들 허탕을 치고 있다! 나는 더 이상 허탕을 소홀히 여기지 않기로 했다. 아예 '내가 버린 글들'이라는 제목의 워드 파일을 만들어 글을 신나게 쓰다가 별로인 것 같으면 큼직하게 오려 넣은 후 버린다. 대체로는 그냥 지워도 무방한 글들인데(물고기를 잡으려고 했으나 미역이나 조개가 딸려 나왔으니까) 그래도 그게 완전히 틀린 글은 아니라는 마음으로 보관해둔다. 그러면 실수를 지우고 나아가는 일이 덜 어렵다. 그러니 당신의 허탕을 원망하지 말자. 이미 잘하고 있다. 그것도 낚시의 일부니까.

나는 내가 허탕치지 않았다는 것을 기억하기 위해 지운 글들을 '버린 글 보관함'에 저장해둔다. 보관함 속 글을 한 번도 꺼낸 적은 없지만, 무성한 글들이 빈 낚싯대를 안고 돌아가야 할 때 큰 위로가 된다.

당신이 끊임없이 망설
이거나 미루고 있다면 진지하게 스스로에게
자문할 필요가 있다. 나는 왜 그것을 만들고
싶어 했지? 이 책을 쓰는 이유가 무엇일까?
나는 창작에 대해 내 나름의 생각을 정리하고
싶었다. 정확히는 내가 그림으로 시작해서 다양한
형태로 표현하게 된 지금까지 어떻게 오게 된
건지 나도 잘 모르겠어서, 그걸 돌아보고자 창작에
대한 이야기를 시작한 것이다.

지금은 창작에 몇 가지 시작 버튼이 있다는 것을 안다. 사람마다 각기 다른 시작 버튼이 있다. 방문 잠그기, 뜨거운 녹차 우리기, 비행기 모드 누르기, 좋아하는 카페 가기, 긴 산책하기, 유튜브 질릴 때까지 보기 등등. 어느 버튼으로 내 창작이 시작될지 모르지만, 하나씩 누르다 보면 어느새 책상에 앉아 무엇이든 만들고 있는 자신을 발견할 것이다. 그 시작점을 알려면 내가 어떨 때 도망치고, 다시 돌아오는지 살펴봐야 한다.

허탕도 낚시에 포함된다는 사실은 도망친 나를 다그치지 않고 물어서 알게 되었다. 허탕치는 게 싫어서 시작도 하지 않고 피했다. 지금은 이렇게 생각한다. 어쩌면 즐거운 허탕 좀 쳐보려고 창작을 시작한 거 아닌가? 그러니 재미있게 해보자고.

창작을 관두고 싶을 때

그리고 쓰는 일을 10년쯤 하다 보면 도중에 관두고 싶은 때가 온다. 창작만 그렇겠는가? 다른 일도 마찬가지다. 종종 "저는 그런 생각을 한 번도 안 해봤는데요"라는 인터뷰를 듣고 위축되었을 수 있다. 설마? 정말? 의심했을 수도 있다. 배신감 느끼겠지만 솔직히 나도 창작을 하며 그런 생각을 한 번도 안 하긴 했다. 그러면 누군가는 '뭐야, 지금 기만하는 거야?' 싶을 수 있다. 하지만 정말로 그렇다. 이건 내가 재능이나 끈기가 있어서가 아니라 관두고 싶은 일은 애초에 다 관뒀기 때문이다. 그나마 창작이 계속할 만해서 해온 일이다. 하지만 이런 내게도 위기가 있었다. 그림이 싫은 건 아닌데 헤어지고 싶었다. 이유나 한번 들어보자. 돌아보니 드라마 속 주인공과 같은 심정이었다.

우리 헤어져.

왜?

내가 너에게 좋은 사람이
아닌 것 같아서.

그림은 어릴 때부터 나를 늘 특별한 사람으로 만들어줬다. 그런데 그림을 그리면 그릴수록 더 잘 그리는 사람들을 만나게 되었고, 나는 다시 평범해지고 있었다. 대학생 때 성과를 보여주고 싶었는데 눈 깜빡하니 졸업이었다. 지금이야 스물셋의 나이에 성취를 이루려 한 마음이 터무니없어 보이지만, 그때는 그 마음이 너무도 당연해서 한없이 조급해졌다. 그래서 도망치듯 디자이너로 취업을 했다. 하지만 돌아가도 다시 할 선택이다.

당시 나는 기숙사에 살았기 때문에 졸업하면 자취를 시작해야 했다. 지금이야 독립을 축하받는 30대지만 그 당시 내 상상 속 자취는 돈 잡아먹는 것이었다. 이제껏 부모님이 학비를 지원해준 것만도 큰 은혜라 여겼다. 그래서 졸업 후에는 집에 잡아먹힐 돈을 내가 마련하고 싶었다. 그렇게 나는 회사에 들어갔고, 내 생계를 책임지느라 약 3년 동안 제대로 된 그림을 거의 그리지 못했다. 이쯤 되면 창작에 대한 미련이 흐려지기 마련이다. 나도 어느 정도는 흐려지길 바랐던 것 같다. 하지만 평생 그렇게 꿈을 잃은 채 살 자신은 없었다.

모두가 나를 칭찬했다. 이른 나이에 적당한 회사에서 자리 잡았으니, 이제 연애 잘해서 결혼하면 되겠다고. 그게 우리 회사 사람들이 걷는 정해진 길이었다. 다들 모여서 도시락을 먹으며 "우리 회사는 연봉은 적지만 결혼하고 애 낳은 다음 다니기 좋은 곳"이라고 말했다. 지금 돌이켜보면 육아휴직이 3개월뿐이고 연봉이 적어서 애 키우기 어려운 와중에 눈치까지 주는, 명성에 걸맞지 않은 곳이었다. 하지만 나는 그런 것까지 보지 못하는 20대여서 그런가 보다 했다. 하지만 설령 그렇게 복지가 좋았다 해도 나는 그 안에서 아무런 의미도 찾을 수 없었기에 허무에 시달렸다.

우리 회사는
일하기 편한 회사다.

일이 없으면 일하는
척하는 게 일이다.

내가 이러려고,
어릴 때 그림을 그렸나?

여기 계속 있으면 뭐가 달라질까?

다들 그저 이대로만 하면 된다고 했다. 유감이지만 나는 그렇게 살고 싶지 않았다. 평생 사람들이 하라는 대로 열심히 공부하고, 과제를 하고, 대학에 들어가고, 취업했는데 그 삶이 마음에 들지 않았다. 그때마다 내게 되물었다. 사람들이 내게 하는 말이 내 삶의 정답이 아닌 건 아닐까? 나는 누구의 삶을 살고 있었던 걸까? 나는 어쩌다 그림을 그만두게 된 걸까? 책상에 앉으면 자꾸 어린 내 모습이 아른거렸다.

중학생 때였다. 그림을 잘 그리는 언니 친구가 우리 집으로 놀러 와 내게 이런저런 그림 훈련법을 알려줬다. "크로키를 많이 해보면 선이 좋아질 거야. 그릴 게 딱히 없으면 너의 손을 그려봐. 손을 그리면 사람을 잘 그릴 수 있어." 나는 그날 이후 틈만 나면 교과서 구석에 내 손을 그렸고, 어느 날에는 새벽까지 크로키를 하곤 했다. 그러다 미술학원에 등록했고, 학원 선생님이 내 크로키를 칭찬할 때 원래 그림을 잘 그렸던 척을 했다. 고백하자면 몰래 숨어서 연습한 시간이 길었다. 그 시간들은 무엇이었을까?

고등학교 3학년 모습이 떠올랐다. 하기 싫은 공부를 붙잡고 있었다. 영어학원 셔틀버스에서 학원 선생님은 "이제 성적 좀 올릴 때가 되지 않았냐?"라는 말을 하고 문을 닫았다. 홀로 검은 현관문 앞에서 울었다. 미대 입시에서 성적은 또 다른 영역이었다. 나는 꼭 서울에 있는 대학에 가고 싶었다. 그래야 넓은 세상을 만날 수 있다고 믿었다. 학교 선생님은 공부에 지쳐 반쯤 졸음에 빠져 있는 교실 아이들에게 "지나고 보면 고3이 가장 좋고, 추억이 많은 때이니 즐기면서 하라"라고 했다. 나는 집에 가자마자 이런 일기를 썼다.

"지나고 보면 좋았다고? 그건 기억이 나지 않는 거겠지. 난 전혀 즐겁지 않았어. 미래의 나야, 내가 어디를 가든 나는 너를 위해 엄청나게 노력했어. 매일 공부해야 하는 과목이 산더미라고. 책이 든 가방은 너무 무겁고, 밤 11시에 독서실로 향하는 발걸음은 너무 무거워. 그러니까 제발, 고3이 좋았다는 허튼소리 하지 마!" 그랬던 내가 원하던 서울의 4년제 대학에 가고, 열심히 공부해서 졸업한 뒤 취업해서 하는 일이라는 게 일하는 척하는 일이라니.

일하는 척하는 법
핀터레스트 창을 켜두고
레퍼런스를 찾는 척한다.

메일 창을 켜둔다.

미팅을 하는 척 나가서
커피를 마신다.
COFFEE

졸리지만 잘 곳이 없어 화장실
변기 위에서 쪽잠을 잔다.

이걸 반복하는 한 나는 더 한심해질 일만 남았다고 생각했다. 그렇다면 어떤 일을 해야 할까? 사람들이 시키는 일을 해서 이렇게 되었으니 이번엔 아무도 시키지 않은 일을 해보기로 다짐했다. 바로 그림일기를 그리기 시작한 것이다. 나는 이 단순한 루틴이 나를 구원했다고 여긴다. 내가 그림일기를 그린 이유는 기록을 남기기 위해서, 그림을 잘 그리기 위해서, 독특한 무언가를 하기 위해서 등이 아니었다. 적어도 무언가를 그릴 때 나 스스로가 잠시나마 선명해지는 기분이 들었다.

'그래, 내가 원래 그림 그리는 사람이었지'라는 생각을 떠올리는 것이다. 그 기분을 지속적으로 느끼고, 스스로가 창작하는 인간이라는 걸 잊지 않기 위해서 그림일기를 그렸다. 그때 그리고 쓴 것들은 전부 조악하고 작아서 어디에 출품하기도, 혹은 작품이라 불리기에도 어려워 보였다. 그래도 상관없었다. 어차피 재미없게 나이 들 운명이라면, 돈이 안 되더라도 재미있는 일을 하자. 돈은 다른 일로 벌고 있으니까. 그때 이별한 창작과 다시 가까워지는 기분이 들었다.

다시 만나고 싶어.

잘해줄 자신 있어.

내가 돈은 좀 없거든…. 하지만.

네 곁에 평생 있어줄
수는 있어.

당신이나 미래의 내게 슬럼프가 온다면 어떻게 해야 할까? 난 모르겠다. 그런데 몰라도 된다. 우리는 늘 모르기 때문에 방법을 찾는다. 이참에 지긋지긋한 창작 따위 그만둬도 좋고, 아니면 잠시 멀어졌다가 다시 애틋하게 만나는 것도 나쁘지 않다. 항상 훌륭한 선택만 하는 것은 아니지만 우리는 그래도 진지하니까. 그만큼 스스로가 할 수 있는 최선을 택할 것이다. 누워 있고 싶다면 그 또한 최선이다. 그러니까 때로는 운에 맡겨보자.

창작을 관뒀다가 다시 덥석 손을 잡은 사람은 각기 다른 사연이 있다. 나는 그림일기를 그리며 내가 기록을 좋아한다는 걸 다시금 떠올렸다. 그 기록을 바탕으로 글을 쓰기 시작했고, 그게 나중엔 목소리가 되어 영상 콘텐츠로 만들어졌다. 더 나아가 책이 되고, 강연도 되었다. 모든 것을 포기하고 싶은 그 순간이 어쩌면 가장 중요한 순간일지도 모른다.

운동을 할 때도 마찬가지다. 선생님이 10초를 세는데, 그걸 3초씩 끊어서 네 번 하는 것은 의미가 없다. 힘들더라도 8초와

9초를 견디는 게 중요하다. 그러면 자연스럽게 10초가 오고 근육이 손상된다. 그다음은 손상된 근육이 다시 아물며 더욱 단단해진다.

창작하기 적절한 때

늦었다고 말하는 사람은 주로 시작하는 사람이거나 포기했다가 다시 시작하는 사람이다. 나는 그들의 어깨를 다정히 감싸며 말해주고 싶다. 지금 해도 늦지 않았다는 말이 아니다. 어차피 늦었으니 천천히 가자는 말이다. 그러면 펄쩍 뛰며 안 그래도 늦어서 조급한데 찬물을 끼얹는다고 말할 것이다. 결코 아니다. 늦었다고 못 할 이유는 없다. 그런데도 많은 사람이 이미 늦어서 할 수 없다고 말한다. 이건 늦잠을 잤으니 학교에 가지 않겠다는 말처럼 들린다.

솔직히 지금 뛰어가도 지각을 피할 순 없다. 이미 친구들은 1교시 수업을 듣고 있을 것이다. 이렇게 된 거 뛰지 말고 걷자고, 기왕이면 씩씩하게 걷자는 말이다. 어차피 집에서든 학교에서든 점심은 먹어야 한다. 그렇다면 급식이라도 먹으러 가자는 말이다. 하지만 많은 사람이 가기 싫다는 변명을 늦게 일어나서 어쩔 수 없다고 돌려 말한다. 그럴싸하게 들리지만 어리광을 부리는 것이다.

늦었다는 변명으로 우리가 무엇으로부터 도망치고 있는지

한 번쯤 생각해보자. 무엇이 두려운지 한번 적어보자. 그리고 그걸 다 감수할 수 있는지 스스로에게 물어보자. 내가 서툰 것, 주변 사람들이 핀잔하는 것, 그리고 나보다 어린 사람을 보면서 주눅이 드는 것 등등…. 이 모든 것을 감수할 수 있다면 괜찮다. 그게 어렵다면 안 하면 된다. 제발 나중에 후회한다는 말은 하지 말자. 아, 물론 그것도 자유지만 말이다.

여러 일을 지속하다 보면 얻는 귀중한 깨달음이 있다. 모든 일은 그만한 보상과 괴로움이 따르기 마련이며, 직업은 적어도 견딜 만한 괴로움을 가진 것이어야 행복할 수 있다는 점이다. 나는 기존에 그리던 그림 스타일을 버리고, 연필 스케치로만 된 그림을 20대 중반부터 다시 발전시켰다. 이유는 간단했다. 늦었다는 핑계로 미루다가 후회하고 싶지 않았기 때문이다.

그래도 용기 내볼걸.

돌이켜보니 그리 많은
나이도 아니었어.

앞으로는 더욱 하기 힘들 것 같아.

후회된다.

Where

–

어디서 하는가?

창작자의 방

나는 지금 캘거리의 어느 구석 시골집에서 글을 쓰고 있다. 며칠 전까지는 바깥으로 조금만 나가도 설레는 로키산맥과 크리스마스 장식이 가득한 밴프에 있었다. 일주일을 머물렀는데 오늘 쓴 글의 반의반도 쓸 수 없었다. 글이라는 게 내 마음대로 써지는 게 아니라고 다독였지만 죄책감을 지울 수 없었다. 창작을 기분 따라 하는 사람이라니 얼마나 프로 의식이 부족한가? 고백하자면 글쓰기 빼고는 다 잘했다. 관광, 메일 답신, 넷플릭스 시청, 부모님께 안부 전화, 요리 만들기 등 바쁘게도 살았다.

어제 캘거리로 집을 옮기고 번듯한 유리 책상이 있는 침실, 그리고 그런 방이 두 개나 있다는 걸 발견했을 때 나는 직감했다. 이제는 글을 쓸 수 있겠다. 방문을 닫으면 내 세상이다. 집 밖에는 비슷한 모양의 집들이 레고 단지처럼 늘어서 있다. 1.4킬로미터쯤 걸어야 상가가 나온다. 창문을 열어놔도 사람이 거의 지나다니지 않는다. 대도시에 온다고 신났는데 도착해보니 이곳이 더 시골 같다(물론 캘거리

시내에는 빌딩이 즐비하지만…).

점심을 먹고 산책을 다녀왔는데 1.4킬로미터를 걸어가서야 지갑이 없다는 사실을 깨닫고 허무하게 집으로 돌아왔다. 지루하네. 글이나 쓰지 뭐. 이렇게 된 것이다. 지금처럼 여섯 번째 숙소에 와서야 창작하기 좋은 공간에는 몇 가지 특징이 있다는 걸 깨달았다. 물론 이것은 내 기준이다.

나 말고 인간이 없다.

주변에 자극적인
요소 없이 깨끗하다.

마실 것이 충분하다.

넓은 책상과 의자가 있다.

이런 면에서 집뿐만 아니라 여행지나 카페도 창작자의 방이 될 수 있다. 나는 아는 사람과 한 공간에 있을 때 집중하기 어렵다. 모르는 카페 손님은 상관없는데 친밀한 대상이 곁에 있으면 자꾸 신경이 쓰인다. 내가 신경을 끄려고 애쓰는 사실조차 말이다. 회사를 다니는 게 그래서 힘들었다. 모두에게 모니터가 보이는 구조는 내게 판옵티콘처럼 느껴진다. 아이디어 스케치를 하다 보면 구린 시안을 서너 개쯤 만들기 마련인데, 누군가가 그걸 유심히 보는 듯한 시선이 느껴질 때의 모멸감이란.

재미있는 게 너무 많은 여행지도 창작에는 좋지 않다. 주방이 없는 공간도 곤란하다. 끼니를 때우기 위해 외출해야 하니 말이다. 푹신한 가구만 있는 것도 별로다. 어느 정도는 딱딱한 의자와 책상이 있어야 정돈된 자세로 글을 쓸 수 있다. 뭐, 내가 그렇다는 말이다.

나뿐만 아니라 창작자들은 대체로 예민한 편이라 하나하나 깔끔하게 따지는 경우가 많다. 집은 더 많은 것을 통제할 수 있기 때문에 창작하기 좋은 공간 요건이 더 깐깐해진다. 이를테면 나는 습도 55퍼센트와 온도 23도를 중요시한다. 초인종을 누를 수 없는 집이 좋다. 휴대폰은 무조건 개인 시간 모드로 돌려놓고 연락을 받지 않는다. 이쯤 되면 식물이나 고양이가 아닐까 싶다.

소소한 호들갑으로 이루어진 완벽한 창작 환경을 꾸며보고 그곳에 오래 머물러보자. 생각보다 정말 많은 것을 만들어낼 수 있다. 나만의 와이너리를 만든다고 상상하자. 열매를 수확하고, 숙성시켜 와인을 만들 듯 창작물을 만들자. 와이너리에는 무엇이 있을까? 영감이 자라는 땅과, 포도를 으깨는 곳과, 오크통이 있다. 내 이름이 쓰인 라벨을 붙이면 완성이다.

창작자가 머무는 곳

스페인의 마요르카섬에 다녀온 적이 있다. 자전거를 같이 타는 친구가 추천했는데 사진만 봤을 때는 평범한 신혼여행지로 보였다. 섬에 도착해서 굽잇길을 따라 높게 자리한 발데모사 마을로 향했다. 꽃과 돌이 가득한 풍경을 기대했는데 막상 가보니 뜻밖의 풍경이 펼쳐졌다. 카페 인근에는 고가의 자전거가 즐비하게 주차되어 있고, 그 옆에서 쫄쫄이를 입은 채로 커피를 마시며 웃는 사람들이 넘쳤다. 나중에 알고 보니 이곳은 사계절 날씨가 온화해 자전거 선수들이 훈련을 하기 위해 자주 찾는 자전거 명소였다.

이처럼 무언가를 하기 좋은 장소에는 그 일을 사랑하는 사람들이 모이기 마련이다. 그곳에 자주 머물면 그들의 문화를 자연스럽게 이해하고, 친구가 생기며, 나도 친구들과 닮아간다. 방에만 머문다고 창작이 잘되는 건 아니다. 밖에서도 많은 영감을 받을 수 있다. 그렇다면 어디를 가야 좋을까?

- **화방** : 그림에 진지한 사람이 걸어 다닌다. 어떤 재료를 담는지 슬쩍 구경해보자. 그리고 궁금한 재료는 비싸지 않다면 조금씩 구매해보자.
- **영화관** : 대중 영화도 좋지만 인디 영화를 볼 때 색다른 관점을 얻을 수 있다. 관객이 많지 않아 서로 멀리 떨어져서 여유롭게 영화를 볼 수 있다.
- **학원과 학교** : 배우기에도, 경쟁하기에도 좋다. 적당한 긴장감 속에서 건강하게 성장할 수 있다.
- **미술관** : 그림에 담긴 의미를 해석하지 않아도 된다. 무엇이 마음에 드는지, 어떤 점이 좋은지만 생각해도 충분하다. 보다 보면 안목이 는다.
- **공연장** : 소리나 움직임으로 청중을 압도하는 예술의 힘을 느껴보자. 모두가 자유롭게 춤을 추는 공간도 좋다. 나도 내가 이렇게 흥이 많은 줄 몰랐다!
- **서점** : 어떤 책 제목에 마음이 이끌리는지 느껴보고, 따라가 보자. 내가 읽고 싶은 책을 상상한다. 그런 책을

찾았다면 행운이고, 없다면 직접 써보자.

• **여행지** : 아무도 나를 판단하지 않는 공간에 몰래 숨어 창작을 해보자. 호텔을 빌려 글을 쓸 정도의 재력은 없지만, 대신 에어비앤비가 있다. 얼마나 다행인가?

창작을 할 때 적당한 고립은 필수다. 하지만 방에만 머물지 않길 바란다. 오래 몸담는 곳이 곧 자기만의 세계이기 때문이다. 넓기만 해서 좋은 건 아니지만, 갇히는 건 좋지 않다는 말이다. 우리는 넓은 곳에서도 갇힐 수 있다. 항상 창문이 있는 방에 머물며 자주 환기를 하자. 이건 비유이기도 하지만 현실적인 이야기이기도 하다. 실제로 환기는 창작에 도움이 많이 된다.

창작을 어렵게 생각하지 말자. 경작과 다르지 않다. 식물은 흙에 영양 성분이 많고, 공기가 깨끗하고, 성실한 농부가 있으면 좋은 열매를 맺는다. 그러니 이 책을 읽고 있는 지금, 조금 더 깨끗한 공기가 있는 곳으로 몸을 옮겨보자. 확실히 다른 기분이 느껴질 것이다. 기분이라는 단어는 단순하지만 실제 창작에서는 굉장히 중요한 요소다. 기분이 안 좋은 채로는 무언가에 몰두하기 어렵거나 혹은 중독적인 일에 과도하게 몰입하게 된다. 하지만 현실에서 매번 기분에 따라 일을 할 수는 없는 노릇이다.

대학생 때 강의실에서
벌어진 일이다.

학생은 왜 과제를 해오지 않았죠?

지난주에 이별을 해서
과제를 하기 어려웠습니다.

이별한 사람은 과제를 하지 않아도 되나요?

기분 관리와 직결되는 요소 중 하나가 환기다. 같은 곳에 계속 머물다 보면 신선한 공기는 사라지고 이산화탄소 가득한 무거운 공기가 남는다. 심지어 냄새가 날 때도 있다. 나가는 게 싫다면 창문을 열어두는 것만으로도 도움이 된다. 하지만 가장 좋은 건 나가는 습관을 들이는 것이다. 친구를 만나거나 어디 멀리 다니라는 말이 아니다. 가벼운 산책을 습관으로 삼으면 많은 변화가 일어난다.

밥을 먹으면 혈당이 빠르게 오르는데 과하면 비만과 같은 다양한 질병이 생길 수 있다. 혈당을 관리하려면 식사만큼 운동도 중요한데, 운동 중에는 식후 산책이 가장 쉽고 편하다. 나는 2년째 실천 중인데 신기하게 5년 동안 달고 살던 위염이 사라지고, 소화불량도 눈에 띄게 줄었다. 가장 좋은 점은 밥을 먹고 돌아와 책상에 앉아도 더 이상 졸리지 않다. 밥을 먹은 뒤 15분씩 걷는 습관을 들이자. 잠을 잘 자고, 소화만 잘되어도 쾌적한 기분을 유지할 수 있다. 그리고 그것은 곧 창작에 반영된다.

누군가는 창작자는 괴로워야 가능하고, 밤을 지새워야 할 수 있다고 말한다. 물론 그런 사람이 생각보다 많다. 하지만 그러면 몸이 금방 망가져 오래 지속하기 어렵다. 창작은 단거리 달리기가 아니라 장거리 마라톤이다. 내일도, 모레도 계속해야 하는 일이다. 자기 페이스를 아는 게 중요하다. 계속할 수 있는 방법도 생각해야 한다. 30년 가까이 음악을 해온 크라잉넛의 한경록 씨가 이런 말을 했다. "제 주변에 예술을 하면서 아직까지 살아남은 사람들은요, 전부 운동을 하고 있어요."

공간에 대한 이야기를 하다 여기까지 왔다. 결국 내가 하고 싶은 말은 이것이다. 작업을 하기 위해서 방에 머무는 것도 중요하지만, 작업을 핑계로 방에만 있지는 말라고!

다시 잘 살아보고 싶은 날은
6시에 일어난다.
06:00

이른 새벽에는 아직
많은 희망이 있다.

이 시간에 모든
비밀을 만든다.

그리고 그걸 가지고
세상에 나간다.

창작자의 노트

창작자가 머무는 공간뿐 아니라 창작물이 머무는 공간도 중요하다. 멋진 방에 살고 싶은 건 창작자만이 아니다. 창작물도 허접한 이면지 뒤편에 머물고 싶을 리 없다. 나는 어릴 때부터 종이의 중요성을 알았다. 그림 그리기에 적합하지 않은 종이는 내 실력을 더 못나 보이게 했다. 그게 싫어 좋은 종이가 무엇인지 예민하게 판단했다. 아이러니하게 그림이 제일 잘 그려졌던 종이는 시험지 혹은 교과서 구석이었다. 학교를 졸업한 뒤에는 그런 종이에 그림을 그릴 수는 없으니 나만의 종이를 다시금 찾게 되었다. 지금부터 소개하는 것은 전부 내가 쓰는 것들이니 참고만 하길 바란다.

A4 켄트지

몇 년째 정착하고 있는 종이로 호미화방에서 구입할 수 있다. 온라인에서도 주문이 가능하며, 100장 묶음으로 판다. 1만 원 초반의 가격대라 부담이 없다. 색상과 크기 옵션도 다양한데 나는 주로 A4 미색을 구매한다. 가격이 비싸지 않으면서도 미술용 켄트지의 품질을 놓치지 않았다. 수채화를 그리기에는 조금 부족하지만 시도할 수는 있다. 개인적으로 종이가 너무 크면 부담스러워 덜 그리게 된다. 나는 책상에 올려놓기에 부담 없는 A4 크기가 좋다.

미도리 노트

나는 만년필로 일기 쓰는 것을 좋아한다. 그러려면 잉크가 번지지 않아야 하고, 뒷면에 글씨가 비치지 않아야 한다. 생각보다 이 조건을 충족하는 종이가 많지 않다. 두꺼운 종이를 쓰면 안전하지만 일기를 쓸 때는 스케치북 같은 종이를 쓸 기분이 아니다. 그런 면에서 미도리 노트는 내지 옵션과 크기가 다양하면서도 심플해서 좋다. 노트는 늘 책상 첫 번째 서랍에 넣어둔다. 자주 쓰는 노트라 손을 많이 타서 너덜너덜하지만 그만의 생기가 돈다.

아이폰

아이폰은 아이디어를 적기에 편하다. 늘 딴생각을 하면서 다니는 나인데, 이거 좀 쓸 만한걸 싶으면 곧바로 아이폰의 메모를 켜서 적어둔다. 이를테면 자전거를 탈 때 이제 좀 탄다 싶으면 사고가 난다는 이야기 같은 것들이다. 자전거 친구들이 했던 말인데 그걸 나도 체감했다. 괜히 댄싱(서서 페달을 굴리는 자세) 연습한다고 까불다가 넘어진 것이다. 그것도 아무런 장애물이 없는 평지에서 일어난 일이다. 건물 안에 있던 사람이 넘어진 나를 보고 깜짝 놀라며 창문 밖으로 소리를 꽥 질렀다. 넘어진 사람은 일단 창피하니 벌떡 일어난다. 나도 피를 철철 흘리며 괜찮다고 말하는 동시에, 괜찮지 않은 무릎을 보여주며 혹시 상처를 씻을 물 좀 줄 수 있냐고 물었다. 그런 일들을 떠올리며, 주의해야겠다는 교훈이 새삼스럽게 떠오르면 아이폰에 바로 적어둔다.

"내가 무언가를 잘한다는 생각이 들 때, 그때가 가장 조심할 때다."

캘린더와 미리알림

괜찮은 스케줄 관리표만 있어도 일정을 까먹을 일이 없다. 나는 휴대폰, 노트북, 아이패드에서 전부 연동되는 미리알림을 사용하고 있다. 미리알림은 기능이 꽤 많은데 나는 체크박스 기능만 활용한다. 오늘 해야 하는 일을 쭉 적고, 아침과 저녁 일정은 경계를 둔다. 그러면 4시간 내에 해야 하는 일들의 목록이 나온다. 그것들을 순서대로 하면 된다. 너무 먼 미래까지 바라보면 걱정만 하느라 당장에 뭘 해야 할지 모르곤 했다. 그래서 미리알림에서 중요시하는 건 하루치의 계획만 잘 보이게 하는 것이고, 걱정할 나를 위해 미래 계획을 짜서 숨겨둔다.

경험상 걱정을 없애는 가장 좋은 방법은 걱정되는 일을 당장 하는 것이었다. 그래서 나는 신경 쓰이는 일들을 따로 모아 적어두고 월요일에 전부 끝내기도 한다. 그러면 남은 한 주에 큼직하고 중요한 일만 남아서 몸과 마음이 편안해진다.

마이크

나는 어릴 때부터 내 목소리를 듣는 게 좋았다. 녹음된 내 목소리를 처음 들은 게 일곱 살 때였다. 라디오로 녹음해서 다시 들었는데 믿기지 않았다. 자신의 목소리를 듣고 끔찍해하는 것은 인류 공통의 경험이다. 그런데도 중고등학생 때는 노래를 부르고 녹음을 해서 MP3로 들었다. 솔직히 노래 실력은 전혀 늘지 않았지만, 내 목소리를 듣고 생기는 거부감은 현저히 줄었다. 나중에는 내 목소리로 된 일기 낭독이 듣고 싶었다. 그래서 일기를 녹음하고 들으며 잠들기도 했다. 이게 유튜브를 하는 데 무의식적으로 크게 작용했다. 내 목소리와 이야기를 듣는 일이 즐거움이었기 때문에 거부감 없이 시작할 수 있었던 것이 아닌가 싶다.

목소리를 녹음해보자. 자신이 어떤 습관으로 말하는지 들어보는 게 말하기 연습에 정말 큰 도움이 된다. 그리고 자신과 더 친해질 수 있다. 녹음이 더 쉬워진 세상이니 일기나 그날 있었던 일을 녹음하는 것부터 시작하자.

NOTE
미도리 노트
8:23
A4켄트지
아이폰
캘린더 & 미리알림
MV88 마이크

창작자의 창고

잘 만드는 것만큼 잘 보관하는 것도 중요하다. 나는 가끔 박물관이나 미술관에 갔을 때 잘 보관된 작품을 보며 보관이 무언가를 살아 있게 한다고 느꼈다. 비단 그림만이 아니라 집에 있는 물건도 다르지 않다. 오랫동안 구석에 두고 잊어버렸던 물건은 다시 꺼내면 꼭 기절한 것처럼 보인다. 그 와중에 아직 숨이 붙어 있는 녀석도 있고, 영영 죽어버린 물건도 있다.

미국에 사는 이모 집에 간 적이 있다. 그곳에는 내가 머물 방에 도어 스토퍼가 놓여 있었다. 너무 귀여워서 어디서 살 수 있냐고 물으니 이제는 구할 수 없다는 대답이 돌아왔다. 무려 15년 전에 나온 물건이었기 때문이다. 도무지 믿기지 않았다. 바닥에 놓인 작은 도어 스토퍼는 어제 가게에서 샀다고 해도 믿을 수 있을 정도로 깨끗한 상태였다.

키세스 초콜릿 모양이다.

그때 물건도 생명을 가질 수 있다는 걸 깨달았다. 그 생명은 그 물건을 지닌 사람이 얼마나 사랑을 줬는가로 결정된다. 물건뿐만 아니라 모든 것이 우리가 아끼고 사랑해주는 한 가치를 지니고 빛난다. 그림도 딱딱한 의미로 분류하면 결국 사물이라 마찬가지다. 그림도 사람들이 계속 봐주고, 기억해주고, 눈을 맞춰주면 인간보다 훨씬 오래 살 수 있다. 인간도 다르지 않다.

그렇다고 모든 그림을 액자에 넣을 수는 없다. 세상엔 그만큼의 그림을 걸 벽도 부족하다. 나처럼 전셋집에 사는 경우라면 더욱 그렇다(개인적으로 내 집이라 해도 나는 못을 박아서 그림을 벽에 걸고 싶지 않다. 내 그림이 담긴 액자는 전부 앉은뱅이다. 내가 앉아서 밥을 먹는 것처럼, 그냥 바닥에 놓여 편하게 벽에 기대어 있다). 그렇다면 그림을 잘 보관할 방법에 대해서도 고민이 필요하다.

대안과 그에 따른 노력은 어느 정도 호된 깨달음이 있어야 지켜진다. 이를테면 20대보다 30대가 더 운동을 많이 하는 것과 같은 원리다. 다들 허리 디스크나 체중 증가 혹은 우울감 등 여러 이유로 운동의 필요성을 느껴 운동을 한다. 나도 그림 보관의 필요성을 딱히 인지하지 못하고 살다가 아빠가 10년 동안 모아둔 연습장을 대거 버리는 바람에 필요성을 강제로 인식했다.

당시 나는 5평 원룸에 살고 있었고, 본가가 아니라면 그 연습장을 보관할 곳이 없었다. 지금의 나처럼 87만 유튜버라도 됐으면 그 그림들을 살려서 옛날 연습장 구경 콘텐츠를 만들거나 일부는 아이디어 노트로도 활용할 수 있었을 테지만, 당시의 나는 그런 일 따위를 상상하기 어려운 직장인이었기에 연습장을 버리자는 아빠를 설득할 수 없었다.

그렇게 내 피 같은 연습장 50권을 버리고, 한동안 헛헛함을 지울 수 없었다. 그럼에도 지금은 그때 그 그림들은 잘 버렸다고 생각한다. 오죽하면 2, 3년 전에 작업한 그림도 필요 없다는 생각이 드니까. 하지만 그중에는 버리기 아까운 것들도 분명히 있었을 것이다. 분량으로 따지면 한 권쯤 될 듯하다. 어쨌든 그렇게 유실된 내 그림에 대한 미련이 그림을 잘 보관해야겠다는 깨달음을 줬다.

당신도 나처럼 창작물을 잔뜩 버려보고, 지키지 못했을 때 보관의 의미를 알 수 있을 것이다. 하지만 버려봐야 새 그림을 그릴 수 있다는 사실과 정말 남겨야 하는 것들을 고민하게 된다는 점에서 한 번쯤 겪어볼 만한 일이다. 지금의 내가 그림을 보관하는 방법에 대해서 말해보겠다.

캐비닛

지금은 망한 그림은 따로 보관하지 않는다. 보관 기준은 나중에 액자를 해도 괜찮을 그림인가다. 크로키를 보관하는 이유는 선이 어떻게 바뀌는지 보기 위해서다. 모아뒀다가 한꺼번에 버릴 생각이다.

그림을 전부 안고 살아갈 수는 없다. 제대로 버릴 줄도 알아야 새로운 그림이 쌓일 공간이 생긴다. 미대를 다닐 때 조형예술학과 과실 앞에 잔뜩 놓인 캔버스를 볼 때마다 인상이 찌푸려졌다. 그것이야말로 기절해 있는 혹은 죽은 사물들이다. 정말 애정하는 작품이라면 그렇게 복도에 방치해서는 안 된다. 다들 그림을 망쳐놓고는 그곳에 방치한다. 그런 습관은 처음부터 들이지 않는 게 좋다. 쓸데없이 큰 작업실을 찾고 싶어지니까. 작업하기 위해 필요한 공간과 작품을 보관하기 위해 필요한 공간 중 후자의 비중이 커지면 작업 공간이 좁아진다. 그러면 창의성도 함께 위축된다. 그러니 그림을 제때 잘 버리자.

인스타그램

인스타그램은 실제 공간이 따로 필요하지 않다는 점, 간단하게 비공개 버튼으로 그림을 숨길 수 있다는 점이 좋다. 그리고 피드에서 그림을 쭉 펼쳐놓은 장면을 볼 수 있어 작업의 방향이나 흐름을 파악하기가 수월하다. 사람들을 미술관에 초대하지 않고도 그림을 보여줄 수 있다는 건 그야말로 혁신이다.

인스타그램을 활용하지 않는 창작자는 시대의 인프라를 누리지 못하고 있는 것이라는 생각마저 든다. 어느 거대 기업이 만들어놓은 저장 공간을 활용한다는 건 어쨌거나 감사한 일이다. 그리고 인스타그램에 그림을 올렸을 때의 좋은 점은, 그림을 세상에 꺼내놓는 연습을 할 수 있다는 것이다. 작업을 실컷 해놓고 거기서 그치는 사람들이 있다. 습작이라면 상관없지만, 영영 습작만 만드는 사람을 과연 화가라고 부를 수 있을까? 신이 화가를 만든 이유가 그런 건 아닐 것이다. 인스타그램을 적극 활용하자.

혹자는 SNS는 중독되기 쉬우므로 자주 하지 않아야 하며, 사람들에게 보여주기 위한 그림만 그릴 수 있다고 지적한다. 전부 공감한다. 때로는 그림을 그리려고 했던 시간을 그저 누워서 인스타그램을 들여다보는 일에 허비한다. 그리고 좋아요 수를 신경 쓰기도 하고, 사람들이 좋아하는 그림에 대해서 의식하면서 구구절절 열 개가 넘는 해시태그를 달아보기도 했다. 하지만 인스타그램의 단점은 장점에 따르는 그림자라 떼어놓을 수 없다. 그렇게 좋은 기능이 있어서 우리가 오히려 독이 될 정도로 지나치게 몰입하는 것이 아닐까 싶을 정도다. 잘만 활용하면 작가 브랜딩을 하는 연습장으로 삼을 수 있고, 팬들과 소통하는 창구가 되기도 하고, 내 그림을 잘 모으는 온라인 포트폴리오로 만들 수도 있다.

독이 되지 않게 활용하는 팁을 하나 알려주겠다. 게시글을 올리고 싶을 때만 올리고, 어플을 바로 삭제한다. 그리고 다음 그림을 그릴 때까지는 인스타그램을 들여다보지 않는다. 반응은 새 그림을 올릴 때만 확인하는 것이다. 그러면 그림을 계속 그리면서 인스타그램을 적절히 활용할 수 있다. 이삼 일, 심지어 일주일이나 한 달씩 안 해도 아무런 부작용이 없었다. 오히려 좋은 점이 더 많다고 느껴질 뿐.

하지만 그림을 온라인에 올리는 과정은 단순하지 않다. 특히 아날로그 작업물을 올릴 때는 더욱 그렇다. 사진을 찍어서 잘 보정하거나 스캔하는 등의 과정을 거쳐야 한다. 휴대폰으로 그냥 드로잉 사진을 찍어서 올리는 경우가 있는데, 매 사진마다 촬영 환경이 달라서 통일감과 완성도가 떨어져 보인다. 사랑받는 작가들은 작품을 어떻게 다듬어서 올리는지도 관찰하자.

SSD 외장하드

그림을 가장 간편하게 보관하는 방법은 데이터로 변환해 용량이 큰 저장장치에 저장하는 것이다. 어릴 때는 USB나 여타 저장장치가 없어 이메일로 옮겼다. 용량이 크지 않다면 지금도 나쁘지 않은 방법이다. 하지만 그림뿐 아니라 살면서 쌓이는 정보는 점점 늘어나므로 용량이 큰 저장장치를 구입하길 권한다.

나는 1테라의 SSD가 사용하기에 가장 좋았다. 가격은 높지만 휴대성이 좋고, 맥북과 아이패드 등 여러 기기에 꽂아서 바로 활용할 수 있다. 저장장치만 제대로 갖추면 내가 사는 기기의 용량이 그리 크지 않아도 된다. 대체로 그림은 용량이 크지 않으므로 SD 카드나 USB로도 충분한 경우가 있다. 이것만 있으면 다른 대안을 굳이 떠올리지 않아도 될 만큼 충분하다. 책상의 크기가 영감의 크기라고 생각한다. 저장 용량도 다르지 않다. 마음의 여유와 직결되는 문제이니 처음부터 큰 것을 사자.

액자

어느 순간부터 그림을 선물해야겠다고 생각했다. 어떤 성공한 사업가와의 만남이 계기가 되었다. 아주 부자였고 모든 것을 갖고 있는 사람이라 선물을 고르기가 마땅치 않았다. 그때 마침 떠오른 게 내 그림이었다. 나는 그림을 팔지 않는다. 내 그림은 돈을 주고 살 수 없다. 그렇다면 이것이야말로 귀한 선물이 되지 않을까, 생각했다. 그래서 사랑에 관한 그림을 선물로 드렸다. 기뻐할 거라 예상은 했지만 기대보다 더 행복해해서 너무도 뿌듯했다.

액자를 해서 전시해두는 것도 좋지만 선물하는 것도 추천한다. 그림이 영 마음에 들지 않는 게 아니라면 잘 간직해줄 것이다. 내가 다 안을 수 없으니 그림을 세상에 잘 보내야 한다. 이것도 그런 종류의 일 중 하나다. 그림을 그냥 선물하기보다는 작더라도 직접 만든 보증서나 액자를 함께 동봉하자. 작품의 가치가 더 높아진다.

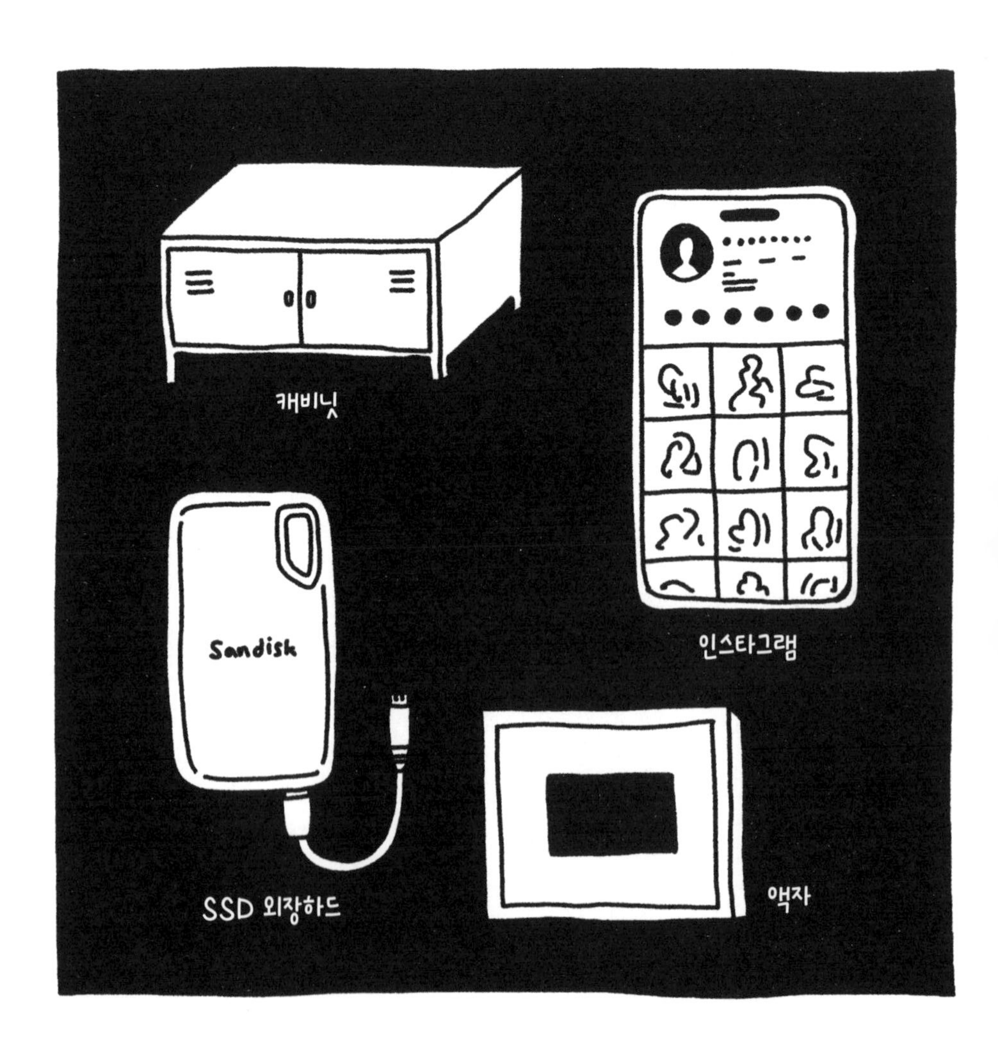
캐비닛
인스타그램
Sandisk
SSD 외장하드
액자

How

—

어떻게 하는가?

틀려도 된다

혹자는 아무것도 모르는 채 그리다 보면 나쁜 습관이 생기지 않냐고 묻지만, 그건 습관이 생길 정도로 그려본 다음에 할 말이다. 나쁜 습관이라는 것도 반복해야 생기는 것이고, 그조차도 나쁘다는 걸 느낄 때쯤은 정말 많이 해본 시점이다. 무엇을 하든 그것이 내게 맞지 않는다면, 즉 좋지 않은 것이라면 반드시 징조가 있기 마련이다. 그걸 답습하면서 답답한 기분이 들거나, 손목이나 손가락이 아프거나, 그림이 지저분하거나 등 다양한 증상으로 나타난다. 그때 병원을 찾고 제대로 진료를 하듯 습관을 들여다봐야 한다. 대체로 평소에는 어떤 일을 하든 스스로가 망가지는 것을 자각하기 어렵다.

틀릴까 봐 걱정스러운 마음을 안다. 그럴 때는 혼자 숨어서 그리면 된다. 마음에 들 때까지 칼날을 다듬어보는 것이다. 그러다 보면 혼자 만들어낸 날이 성에 차지 않는 때가 온다. 뭔가 틀리고 있다는 감각 때문에 갈증이 온다면 그때가 배울 때다. 며칠 물을 먹지 못한 화분이 물을 빨아들이듯 배움을 흡수할 수 있다. 그러니 가장 먼저 해야 하는 일은 틀려보는 것이다.

나는 스무 살 때부터 10년 넘게 대학가에 살고 있다. 이사를 세 번 했는데 전부 역 이름에 ○○대학교가 붙어 있는 곳이었다. 매일 20대 초반의 청춘들을 본다. 어제는 지나가는 여대생들이 너무도 순수해 보였다. 이제야 날갯짓 연습을 막 시작하는 모습. 나는 그때 어땠는지 회상했다. 등이 가려운 걸 보니 어설프게 날개처럼 보이는 게 자라난 것 같기는 한데, 이걸로 뭘 할 수 있나 싶어서 막막했다. 어디로 날아갈 수 있을까? 추락하진 않을까? 아무것도 모른 채 걸었다. 하지만 100번을 돌아가도 알고 시작할 수는 없겠다는 생각이 들었다. 내가 디자이너로 6년이나 일할 줄, 그리고 유튜버가 될 줄, 그림 그리기보다 글을 더 많이 쓸 줄 상상이나 했겠는가?

내가 모르고 시작한 사람이라는 증거다. 알고 시작했으면 상상하는 만큼의 내가 되었을 것이다. 그것을 떠올리면 '겨우?'라는 생각이 든다. 모르고 살아본 인생이 상상 속 인생보다 더 위대하고 흥미로웠으니까.

시작하는 법을 공부한다면, 즉 그림을 그리는 단계에 대해서만 공부하고 그림을 단 한 장도 그리지 않으면, 내가 그림을 얼추 그릴 수 있겠다고 착각하기 쉽다. 위험한 상상이다. 부딪치고 깨지더라도 내가 할 수 있는 만큼을 알아야 더 나아갈 수 있다. 다시 한번 말하겠다. 틀리기 위해서 시작하자. 당신에게는 그것을 견딜 만한 맷집이 있다. 이미 수천 번 넘어져보고 이제는 절대 넘어지지 않는 걸음을 걷고 있지 않은가.

실수를 두려워하지 않는 방법이 있어.

이전에도 자주 틀렸다는 걸
기억해내는 거야.

또 까먹고 있었지?

전부 한 번쯤 겪어본 일이야.
언젠가 또 까먹을 거고.

어떻게 깊어지는가

처음에는 새로운 친구를 사귀거나 첫눈에 반한 것처럼 호감을 갖고 시작한다. 그 호감 덕분에 서툰 부분도 즐거움으로 여겨지며, 오랜 시간이 순식간에 지나간다. 서서히 눈에 두껍게 쌓여 있던 콩깍지가 한 겹씩 벗겨진다. 이전엔 미처 발견하지 못했던 어려움이나 불편한 부분이 눈에 띈다. 생각보다 가야 할 길이 길고 멀다는 것도 깨닫는다.

계속할 것인가, 말 것인가? 주위를 둘러보니 이미 많은 친구가 떠났다. 계속한다는 선택에는 홀로 견뎌야 하는 고독 또한 짙게 깔려 있다. 그 길을 걷기로 다짐하고 계속 그 일을 지속한다. 그러면 같은 선택을 한 사람들과 친구가 된다. 그리고 잠시나마 전우애를 느끼며 이만하면 괜찮다는 생각이 든다. 하지만 그들은 너무나 잘하는 사람들이고 나는 그 정도는 아닌 것 같다는 걱정도 든다. 슬쩍 돌아보니 조금 멀리 왔다. 포기하기엔 아깝고, 계속 가기엔 아직도 확신이 들지 않는다. 그래도 되돌아가기에는 멀어져 어쩔 수 없이 다시 관성으로 걷는다.

걷다 보면 많은 스승을 만난다. 그들이 내게 하는 말이 전부 와닿지는 않는다. 몇몇 말은 나도 하겠다 싶고, 어떤 말들은 전혀 공감할 수 없다. 그래도 내가 아직은 배울 때라는 것을 알기에 성실히 따른다. 그들의 말을 듣다 보니 분명 전보다 잘하게 된 건 맞는데 내 의지로 자유롭게 할 수 있는 일이 줄었다는 생각이 든다. 어느새 내가 하는 것들에 나도 몰랐던 책임이 따르고 있다. 그렇게 책임을 안고 살며 시간을 보내다 보면 다시 몇 년이 훌쩍 흘러 있다. 뒤를 돌아본다. 내가 잘 왔나? 도착한 여기가 어디인지 알 수 없다. 아주 멀리 온 것 같은 기분이 든다.

나는 끝내 그림 안에서만 행복을 찾지는 못했다. 그건 그림이 시시한 일이라서가 절대 아니고, 내가 다른 많은 것에서 행복을 느낄 수 있는 사람이었기 때문이다. 사실 이 말을 가장 힘주어 말하고 싶었다. 바로, 우리 안에는 사랑이 많다는 것. 그림은 내게 사랑을 알려줬을 뿐 내 사랑의 모든 것은 아니었다.

나를 슬프게 하던 질문이 있다.

내게서 그림을 빼면
얼마가 남을까?

겨우 이만큼의
나도 나일까?

그림이 좋지만,
나를 더 잃어가는 느낌이다.

어떤 이든 마찬가지다. 당신 역시 당신의 일 말고도 자기 자신, 따뜻한 날씨, 시원한 차, 늘어나는 치즈 등 사랑하는 게 많지 않나? 깊어진 다음에 우리가 해야 할 일은 넓어지는 것이다.

아이돌 지망생이 결국 아이돌이 되지 않으면 연습실 밖에서는 할 수 있는 일이 별로 없다고 한다. 학교도 얼마 다니지 않았고, 다른 건 해본 적이 없으니까. 운동부도 마찬가지다. 보통 공부를 하지 않고 대부분의 시간을 운동만 하기 때문에 다른 대학을 가거나, 다른 공부를 시작하기엔 어려움이 있다. 나는 그나마 학교 수업도 많이 듣고 공부도 한 경우지만, 그런 나도 막막했다.

그림이 아니면 나는 무엇일까? 이 질문에 대답하기 힘들었던 건, 내가 나를 다 내어줘도 될 만큼 내 그림이 썩 마음에 드는 상태가 아니었기 때문이다. 게다가 설사 그렇게 훌륭한 그림을 그릴 수 있게 된다 해도, 나를 다 내어주는 일을 하고 싶지 않았다. 이기적인 대답 같았고, 그런 속마음을 갖고 있는 것을 숨기고 싶었다. 잘하고 싶지만, 잡아먹히고 싶지는 않았다. 하지만 잘하는 사람들은 일정 부분 그 분야에 잡아먹힌 사람처럼 보였다. 나는 그게 조금 징그러웠다.

일과 연애는 많은 부분이 유사하다. 다들 처음에는 여러 사람에게 호감을 갖는다. 그 안에서 마음에 드는 사람과 사랑을 하는 것이다. 일도 마찬가지다. 여러 선택지와 썸을 타다가 가장 마음에 드는 일을 고른다. 그다음에 200일 만에 깨지기도 하고(나에게 200은 마의 숫자다. 나는 200일짜리 연애만 여러 번 했다), 적당히 3년쯤 사귀다 다른 연애를 하는 경우도 있다. 또는 대학에 들어가자마자 얼떨결에 CC로 사귄 친구와 7년, 8년 연애를 이어가는 사람도 있다.

이걸 일이라 생각해보자. 처음에 여러 일을 다 해보는 사람이 있고, 적당히 취업해서 3년쯤 다니다 이직하는 사람이 있고, 대학생 때부터 잠재력을 인정받아 바로 프리랜서로 일을 하거나 일찍 취업하는 경우도 있다. 그렇게 일을 하다 서른 초반, 중반쯤 되면 또다시 선택을 해야 한다. 현재 연인이 있다면 결혼을 고민한다. 이 친구와 평생을 함께할 것인지, 아니면 그 정도는 아닌지 진지하게 따져본다.

이때 보통 "놓아준다"라는 표현을 쓰는 이별을 많이 한다. 서른 중반인 지금 내 친구들 사이에서 유난히 자주 일어나는 일이다. 다들 인스타그램에 결혼식과 아기 사진이 많다며 호들갑 떨지만, 현실에서는 인스타그램에 올리지 못한 사연, 즉 이별을 더 많이 봤다. 하여튼 결정의 순간이 오는데, 내가 결혼은 해보지 않았지만 일에 있어서 내게 그런 선택의 기로가 놓인 것이다.

나는 그냥 순진하게 대학에 입학했다가 바로 연애를 시작한 CC와 비슷했다. 일찍이 그림에 대한 재능을 알았고, 다들 나와 그림이 잘 어울린다고 했다. 시간이 너무 잘 갔기 때문에 그림이 군대를 갔을 때조차 기다린다는 생각도 없이 오랜 시간을 우리는 함께 보냈다. 그리고 돌아보니 10년쯤 지나 있었고, 나도 그림도 달라져 있다. 여전히 우리는 사랑하지만, 내 평생에 이 사랑이 전부일까 하는 생각도 든다. 그런 마음이

이기적인 것 같아서 숨기지만 솔직히 그림도 그런 생각을 할 거라 짐작한다. 그래서 어떻게 했냐고? 나는 그림과 좋은 친구로 지내기로 했다.

겨우 문장일 뿐인데 이 말을 쓰고 마음이 쓰린 걸 보니, 나도 그림을 퍽 많이 사랑했나 보다. 하지만 지금도 다른 일과 썸 타는 일을 상담하기도 하고, 위로를 얻기도 한다. 그림을 관둘 일은 없다. 하지만 그림과 결혼할 일도 없다.

나는 그림과 단둘이 있을 때 행복한 동시에 막막하고 불안했다. 그림은 내가 그렇다는 걸 알고 있었다. 그 불안은 그림을 그리기 때문에 생긴 것이어서, 그림이 위로해줄 수 있는 영역도 아니었다. 아무도 서로를 탓할 수 없는 상황이었기에, 우리는 서로에게 위로가 되어줄 새로운 사랑을 찾아야 했다. 슬픈 건 그림은 나 말고도 사귈 사람이 많다는 것이다. 처음에는 그게 조바심이 났다. 하지만 이내 괜찮아졌다. 나 또한 그림 말고 할 수 있는 일이 잔뜩 있었다.

어떻게 넓어지는가

연애를 해보면 짧든 길든 배움이 남는다. 나는 그림 속에서 사랑을 배웠다. 처음에 튀는 설렘이 남들보다 길 수는 있다. 하지만 그게 영원하지 않다는 것을 이해한다. 설렘만으로 다가왔다가 헤어진 연인처럼, 내 주변에도 그림을 관둔 친구가 많다. 그림을 관두는 이유는 몇 가지로 정해져 있는데, 다음과 같다.

- 그림을 전공하고 싶지만 학원을 다닐 여건이 안 된다.

  → 난 전공하지 않았으니 안 될 거야.
- 그림을 전공하게 되었지만 해보니까 맞지 않는다는 생각이 든다.

  → 이건 내 길이 아니야.
- 대학을 졸업하고 우연히 다른 일을 해보게 된다.

  → 이 일이 내겐 더 흥미롭네.
- 그림을 오래 붙잡았지만 이렇다 할 성과가 없다.

  → 역시 나는 그림과는 맞지 않는 걸까?

호락호락하지 않은 위기를 여러 번 넘겨봐야 한다. 그래야 마침내 어떤 일에서나 사랑을 느낄 수 있고, 배울 수 있다. 모든 성장에는 비슷한 그래프가 있다. 어느 정도 하다가 벽을 만난다. 그 통곡의 벽에서 많은 사람이 관두고, 그 벽을 간신히 넘으면 또다시 평야가 펼쳐지고, 그러다 다시 벽을 만나는 반복이다. 이 패턴을 아는 게 중요하다. 다른 일을 시작했을 때 만난 벽을 보고 이렇게 말할 수 있기 때문이다.

"너? 알아. 그동안 많이 봤어. 무슨 일을 시작하든 너를 만나지."

깊어진 적 없이 시작만 하다가 관둔 사람은 벽을 만나면 벽을 넘는 법을 배우지 못하고 돌아선다. 내 연애의 모습도 비슷했다. 나는 벽을 넘을 의지가 별로 없었다. 고백하자면 그렇게 벽을 넘어서까지 함께하고 싶은 사람을 딱히 만나지 못했다. 여러 일을 깊게 하지 못하고 관둔 사람도 나와 비슷할 것이다. 그렇게까지 몰입하고 싶은 일을 아직 만나지 못했을 수 있다. 운동도 마찬가지다. 자기 평생에 운동이란 없다는 사람들에게 나는 이렇게 말한다.

"당신은 아직 좋아하는 운동을 못 찾았군요."

나는 어릴 때 끔찍하게 체육을 못 했다. 피구를 하면 거의 제일 먼저 공을 맞는 사람, 체력장을 한 번 하면 온몸에 근육통이 오는 사람이 나였다. 그나마 잘하는 것은 앞으로 숙이기와 구르기였다. 오래 달리기 기록이 반에서 꼴찌였다는 사실이 지금까지도 충격이다. 그런 내가 성인이 되어서 우연히 내게 맞는 운동을 찾았다. 바로 수영이다.

매일 수영장이라는 낯선 공간에 가는 게 좋았고, 물소리가 좋았으며, 강제로 샤워를 하기 때문에 깨끗해지는 것도 좋았다. 그리고 할머니들이랑 배우기 때문에 나를 비교하지 않아도 된다는 점이 크게 좋았다. 지금은 요가를 하고 있다. 앞으로 숙이기를 잘했던 나는 유연함 덕분에 톡톡히 소질을 발휘하고 있다.

내가 좋아하는 운동의 특징은 할머니들도 할 수 있다는 것이다. 다양하게 시도하다 보면 내게 맞는 것이 찾아진다.

그리고 그걸 찾는 방법은, 여러 번 해본 사랑에서 깨닫는 것이다.

아, 나 이거 좋아하는구나.

이건 나와 잘 맞을 것 같아.

나는 내가 평생 혼자
살아야 한다고 생각했어.

나는 외로운 사람이니까.

그런데 이런 생각이 들더라고.

외로우니까 누군가와
함께해야 하는 거 아닐까?

뭐든 해봐야 안다. 그중 깊게 한번 무언가에 가닿은 경험이 없으면, 내 연애가 그렇듯 시작도 전에 의심만 하다가 끝난다. 뭐든 한 번은 빠져보는 게 순서고, 그다음에야 넓어질 수 있다.

땅을 판다고 생각해보자. 처음부터 넓게만 파면 답답할 만큼 진행이 더디다. 어느 정도 손이 들어갈 크기로 깊게 파다 보면, 점점 옆쪽의 흙을 덜어내기가 쉽다. "나는 깊게 파기 위해서, 넓게 파기 시작했다"라는 스피노자의 말이 있다. 정말 공감하는 말이고, 나도 그런 마음으로 넓게 파고 있는 요즘이다. 하지만 이건 무언가를 어느 정도 해본 사람에게 해당하는 말이지 처음 시작하는 사람에게 맞는 말은 아니다. 뭐든 처음 시작할 때는 한 번 깊게 삽을 찌르는 것으로 시작한다. 물론 깊게 찔러보기 전에 땅을 고르며 살펴볼 수도 있다. 그런데 그것만 답습하면 삽을 영영 찌르지 못하고 주변만 맴돌 수도 있다. 그러니 한 번은 깊게 찔러봐야 한다. 그래야 적당한 땅을 찾을 수 있다.

나는 그림이라는 한 우물을 팠다. 계속 파다가 그 우물

속에 갇혔다. 세상이 잘 보이지 않았다. 우물 밖으로 나와 다른 땅에 우물을 파보기 시작했다. 이전부터 관심 있었던 글쓰기 땅이었다. 스무 살부터 누가 시키지 않아도 알아서 일기를 썼다. 처음엔 시끄러운 낙서에 가까웠는데 점점 옆에 그린 그림이 줄어들었고, 어느새 글이 종이를 빼곡히 채웠다. 내가 글도 조금 좋아하는 거 아닐까? 글 우물을 계속 판다.

그다음에는 디자인 우물을 팠다. 나는 미대 입시 준비를 할 때 디자인 입시 준비를 함께 했다. 디자인과는 취업이 보장된 것처럼 보였기 때문에 미술 공부를 하면서도 덜 불안했고, 누군가에게 "디자인 입시 하고 있어"라고 하면 이미 디자이너라도 된 것처럼 보여 으쓱하기도 좋았다. 하지만 막상 대학은 성적에 맞춰 조형예술학과로 입학했다. 다행히 본 전공 수업이 나쁘지 않았고, 다니던 학교는 복수 전공도 쉬워 디자인도 배울 수 있었다. 그리고 졸업하기도 전에 회사에 들어갔다. 우물을 팔 생각도 없이 이미 시작한 것이다.

디자이너 우물은 6년을 팠다. 파면서 느낀 건, 계속 파도 즐겁지 않을 것 같다는 슬픈 확신이었다. 그림 우물을 팔 때와는 다른 감각이었다. 잘생겼는데 대화가 잘 통하지는 않는 애인을 사귀는 기분이었다. 정말 그런 느낌이었던 게, 어디서 디자이너라고 말하면 꽤나 감각 있는 사람처럼 보였다(잘생긴 남자 친구 사진을 보여주는 것처럼 조금 자랑스럽다). 그렇게 자랑만 하고, 우리 사이가 소원하다는 걸 누군가에게 말하기는 좀 그런 기분. 그래서 그 우물은 파다가 관뒀다. 이 또한 친구로 지내기로 했다.

글쓰기 우물에 대해서 계속 말해보자. 이 우물은 계속 파는 중이다. 이 친구는 딱히 잘생기진 않아서 사진을 보여주긴 좀 그런데, 대화가 잘 통하고 잘 맞는다. 속상한 건, 이 친구는 돈이 없다. 이 말을 하면서도 너무 웃긴데, 정말 그렇다. 그래서 사귀고는 있지만 결혼은 고민스럽다. 아니, 솔직히 결혼할 생각은 들지 않는다. 주변에서 글과 결혼한 사람들이 토로하는 고충을 자주 듣는다. 하지만 그들이 그래도 복닥거리며 행복하게 산다는 것도 안다. 그래서 글과도 깊은 친구로 지내고 있다.

글쓰기로 잘 먹고
잘 살기는 어렵다.

그걸 알면서도 글을 쓴다.

잘 살고 싶어서.

글을 쓰면 잘 살 수 있을까?

그다음 만난 우물은 말하기다. 이 친구는 항상 주변에서 소개팅 요청이 왔는데 내가 거절했었다. 딱히 내 취향이 아닐 것 같아서였다. 나쁘진 않은데 너무 입만 산 것 같아서 조금 거부감이 있었다. 그런데 어느 날 우연히 만나서 대화를 해보니 재미있는 거다. 2차, 3차까지 가다 보니 새벽이 됐다. 어이가 없었다. 이렇게 잘 맞는 상대를 그렇게 오랫동안 피했다니. 이 친구는 인스타 라이브에서 만났다. 회사 다니던 시절 적적해서 틀어놓았던 인스타 라이브를 통해 말하기 재능을 깨닫게 될 줄이야.

대부분이 그렇듯 나 역시 내 목소리가 이상하다고 여기며 살았다. 그런데 막상 녹음된 내 목소리를 들어보니 나쁘지 않았다. 게다가 주변 사람들이 내게 말을 잘한다며 칭찬해줬다. 돌이켜보니 어릴 때부터 그런 칭찬을 들었는데 너무 대수롭지 않게 넘긴 것이다. "너 얘랑 잘 어울릴 것 같아" 했던 소꿉친구를 무시하다가 성인이 되어서 만났는데 괜찮아서 사귀게 된 느낌이랄까? 그렇다. 유일하게 이 친구와는 사귀는 느낌이 좀 든다. 결혼도 나쁘지 않을 것 같다. 무엇보다 말하기 친구는 돈을 크게 벌 잠재력도 있다(!). 내가 하는 일 중에서 가장 시급이 높은 친구이기도 하다. 그게 바로 강연이다. 하지만 나는 돈이 되지 않는 말하기를 좋아한다. 그건 라디오다. 이런 내 마음이 우리가 아직은 로맨스를 유지할 수 있는 이유일 것이다. 돈 때문에 좋아하는 게 아니기 때문이다.

자연스럽게 말하는 방법.

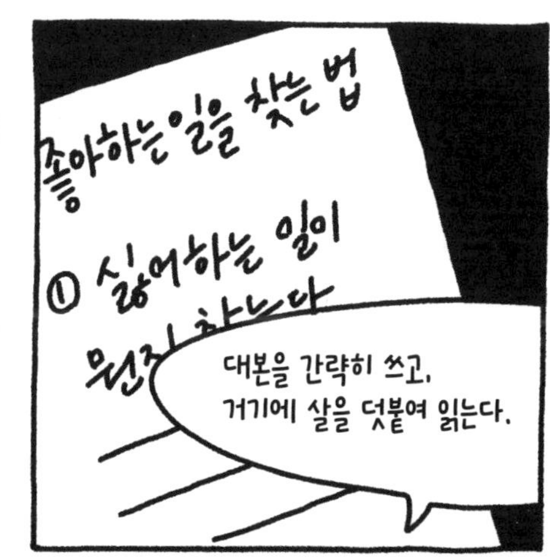
좋아하는 일을 찾는 법
① 싫어하는 일이
대본을 간략히 쓰고,
거기에 살을 덧붙여 읽는다.

나는 책상에 있는 스피커를
보며 말한다.

그러면 스피커가 가만히
내 말을 듣는다.

내 흥미로운 일의 일대기는 아직 끝나지 않았다. 나의 정체성 중 상당 부분을 차지하는 유튜브라는 녀석이 남아 있다. 이 녀석은 정말 매력적이다. 사람 여럿 울리고 다닌다. 이 녀석 때문에 다른 일을 관두는 사람도 많다. 그리고 거하게 차여서 다시 원래로 돌아가는 사람도 그만큼 많다. 남들은 유튜브랑 사귀는 것을 거의 로또라고 부르는데, 내가 볼 땐 그냥 똑같은 일이다. 재능과 성실함을 아주 많이 요구하는, 다른 분야의 일들과 크게 다르지 않은 그저 일.

이 친구랑 사귀려면, 처음부터 알고리즘이라는 어려운 벽을 만난다. 일종의 등용문인 셈이다. 다들 알고리즘에 대해서 너무 막막해하는데, 원리는 쉽다. 당신이 유튜브의 이상형이면 된다. 사람으로 치면 유튜브는 이상형이 아주 뚜렷한 상대라는 말이다. 자기 마음에 잘 맞으면 그만큼 잘해주고, 아니면 갑자기 마음이 확 식어버린다.

유튜브를 사귈 때의 장단점이 여기에 있다. 유튜브의 이상형이 되려고 애쓰면서 정말 좋은 사람이 되기도 하고,

한편으로는 괴물이 되기도 한다. 혹은 영영 유튜브의 이상형이 되기 힘든데 밑 빠진 독에 물 붓기를 하듯 투자만 하는 경우도 있다. 그건 빨리 벗어나야 한다. 유튜브는 굉장히 냉정하기 때문이다. 오래 하면 기회를 줄 것 같지만 그렇지 않다. 그냥 자신을 오래 짝사랑하게 내버려둔다.

기회를 한번 줘도 그뿐인 경우가 많다. 그래서 유튜브에게 사랑받는 건 무척 짜릿한 경험이지만 그만큼 불안한 사랑을 하는 기분이 든다. 내가 이제껏 만난 일 중에서 제일 잘생겼고, 돈도 많고, 이야기도 잘 통한다. 그만큼 이 친구는 인기가 많기 때문에 항상 사람을 노심초사하게 한다. 유튜브랑 만나는 사람은 처음에는 다 결혼을 꿈꾸는데, 어느 정도 잘되면 결혼은 다른 일이랑 해야 한다는 생각으로 넘어간다. 다 그럴 것이다. 고백하자면 나도 그렇다.

어떻게 연결되는가

넓어진다는 건 이런 것이다. 분야를 넓게 알면서 진리를 두루두루 알기보다는, 한번 해보고 느낀 것을 바탕으로 다른 것에 적용하면서 또 다른 원리를 배우는 것이다. 그리고 새로운 원리를 배우기 위해 다른 일을 시도하고, 그 옆에 있는 다른 땅을 또 파고…. 정말로 땅 파기와 비슷하다. 다른 땅처럼 보이지만 사실 다 옆에 있던 땅들이다. 그림, 디자인, 글, 말하기, 유튜브 전부 창작의 영역이다. 나는 창작의 땅에서 삽질하는 것을 좋아하고, 그 모든 것은 나중에 땅굴로 연결되어 있다는 것을 깨닫는다. 그러면 내가 판 굴이 다채로워진다.

다들 그 굴이 만나지 않는다고 생각하기 때문에 땅 파기를 망설인다. 이것저것 파면 전문성이 떨어지지 않을까? 땅속에 보물이 없으면 어떡하지? 전부 들쑤시다 나이만 들면 어떡해? 등등. 그런데 내가 여러 땅을 파보니, 파본 게 후회되는 굴은 없었다. 개미굴처럼 언젠가는 모든 땅이 만난다. 땅굴 모양이 당신이 살아온 삶의 모양이다. 깊어지고, 그다음 넓어진다는 건 이런 의미라는 걸 말해주고 싶었다.

처음에는 무작정 삽을 들고 그냥 아무 곳이나 찔러봐도 된다. 계속하다 보면 부드러운 땅을 만나고, 그곳을 파는 것이 즐거워진다. 내가 땅을 잘 팔 수 있도록 부드러운 흙에서 연습해봐야 한다. 땅을 파다 보면 잘 파지지 않는 땅을 만난다. 그걸 뚫어보거나 돌아서는 데도 용기가 필요하다. 아니면 다시 위로 올라가 부드러운 땅을 찾아 새롭게 파도 된다. 계속 파다 보면 어느 정도 깊이에서 내가 파둔 땅과 만난다. 그곳에 광장이 생긴다. 그 광장에서 만들어지는 것들이 나만의 개성이 된다.

종종 개성을 키우기 위해, 그런 겉모습을 흉내 내는 사람들을 본다. 나는 그게 더 멀리 돌아가는 길처럼 보인다. 진짜 개성은 겉모습이 아니라 내면에서 우러나온다. 즉, 밖이 아니라 땅 안에 있다. 이것저것 다 잘해내는 모습이 좋아 보여서, 그걸 직접 해보지도 않았으면서 해본 것처럼 말하고 다니는 사람들이 있다. 작업을 하지도 않으면서 가사 쓴다고 말하며 그냥 아무런 일도 안 하는 '홍대병'에 걸린 어느 음악가와 같은 모습 말이다. 음악으로만 먹고산다며 겉모습만 번지르르하게 버티는 사람보다, 아르바이트를 하며 전혀 음악가 같지 않은 모습으로 살지만 진짜로 가사를 쓰는 사람이 아티스트다.

자신에게 솔직하자.

오늘 작업을 했는가?

아니오.

굴이 그렇다. 겉에서는 내가 파고 있는 게 무엇인지 전혀 보이지 않는다. 그래서 사람들은 내가 이 모든 것을 이렇게 오래 했을 것이라곤 상상도 못 한다. 그래서 오히려 좋다. 나는 젊고 재능 있어 보이는 걸 즐기는 편이니까. 하지만 고백하자면 난 그냥 오래 해온 사람일 뿐이다. 그림은 그냥 연필을 쥘 수 있을 때부터 멈추지 않고 그려왔으니 25년을 훌쩍 넘겼고, 글쓰기는 중학생 때 글쓰기 수업을 들은 적도 있고 그때부터 블로그를 시작해 15년도 넘게 계속하고 있다. 말하기를 제대로 한 게 그나마 짧은데, 그마저도 벌써 7년이 지났다. 유튜브도 어느덧 6년 차가 되었다. 디자인이 나랑 맞지 않아 관둔 것도 6년이 지나서였다. 나는 올해 서른두 살이지만 사회 경험은 9년 차에 접어들었다. 그렇게 몇 년쯤 하다 보면 굴이 생길 수밖에 없다.

다시 말하지만 굴은 겉에서는 보이지 않는다. 그게 어떤 깊이인지, 어떤 모양인지는 자기 자신만 안다. 자신을 속이면 안 된다. 그러면 굴 밖으로 난 굴 입구만 꾸미게 된다. 사람들에게 보이는 부분이 거기니까. 하지만 진짜 중요한 것들은 사람들이 보지 못하는 면이다. 시간으로 따지자면, 사람들과 함께 있지 않을 때 하는 것들이 사람들과 있을 때 하는 것보다 더 중요하다. 그때 파는 게 굴이고, 그 굴을 다듬는 방법이 각자가 삶을 살아가는 방법이다.

그러니 삽질을 어느 정도는 즐겁게 여겨야 한다. 괴롭다고 삽질을 멈추지 말자. 신기하게도, 삽질은 하면 할수록 잘하게 된다. 근력이 생긴달까. 어떤 땅이 내가 팔 만한 땅인지 볼 수 있는 눈도 생기고, 막장을 만났을 때의 대처법도 알게 되고, 굴속에 갇힐 때 생존할 방법을 찾고 구조를 기다린 후에 결국 살아남는 것까지 해봐야 굴을 알게 된다.

당신의 굴을 그려보시오.

굴을 잘 파는 방법은 단순하다. 굴 파기에 솔직해야 한다는 것이다. 내 굴의 깊이는 나만 안다. 종종 그걸 들여다보지 않으며 내 굴의 깊이를 얕다고 스스로 치부하거나, 깊다고 착각한다. 굴의 깊이를 알려면 일단 땅속으로 들어가 굴을 파봐야 한다. 그 과정은 외롭다. 아무도 대신할 수 없는 시간이다. 만약 내게 자식이 생긴다면, 그리고 그 아이가 창작을 한다면 나는 이런 말을 해주고 싶다.

"창작은 너를 외롭게 할 거야. 그런데 사실은 모든 일이 그렇단다. 외로움을 잘 견딜 수 있게 랜턴을 켜고, 손난로를 챙기고, 친구 굴에도 놀러 가고 네 굴에도 초대하렴. 그렇게 하는 거야. 그러라고 외로움이 있는 거야. 네가 깊어지라고, 사랑을 포기하지 말라고 말이야."

굴은 처음에는
혼자 파는 것이다.

나중에는 함께 굴을 팔
사람이 생긴다.

친구와 연결된
굴이 생긴다.

잘 연결된 굴에 살아야
외롭지 않다.

What

무엇을 하는가?

아무도 시키지 않은 일

중학생 때 지우개 도장을 잘 파는 친구가 있었다. 하교 후 문구점에서 적당히 부드러우면서 잘 파이는 인절미 지우개를 여러 개 산다. 그리고 다음 날 학교에 지우개를 들고 와, 볼펜으로 종이에 도안을 그린 다음 지우개의 넓은 면에 찍는다. 지우개에 흐릿하게 도안이 옮으면 그 위에 펜으로 다시 도안을 덧그린다. 그다음 칼끝만 이용해서 테두리 부분만 도려낸다. 찍히지 않아도 되는 부분은 칼날을 눕혀서 전부 오려낸다. 그다음 적당한 펜이나 스탬프를 활용해서 지우개를 팡팡 두드린 다음 공책에 찍으면 도장이 완성된다.

나도 도장 만들기에 심취해서 친구 이름이나 캐릭터 등의 도장을 만들곤 했다. 늘 그렇듯 뭔가에 깊게 몰입하는 편은 아니라 이내 관뒀지만 친구는 계속 도장을 팠다. 나중에는 아주 큰 지우개를 사서 만들기도 했다. 그렇게 도장이 쌓이고 또 쌓였다.

그건 아무도 시키지 않은 일이다. 나중에야 알았다. 재능이라는 건, 시키지 않은 일을 하는 것일지도 모른다고.

재미를 느낀다면 지치지 않고 지속할 수 있다. 남들은 금방 지쳐서 관둘 테니 누구보다 잘할 수밖에 없다. 사람들은 그림을 엄청 잘 그리면 그게 그림에 대한 재능이라고 생각한다. 일부는 맞다. 하지만 나는 그림을 잘 그리지만 그림을 그렇게 재미있어하지 않는 친구들도 종종 봤다. 그런 애들은 하나같이 대학을 졸업하면 그림을 그리지 않는다. 그러니 재능에 너무 목을 맬 필요가 없다.

세상엔 버려진 물건만큼이나 방치된 재능도 많다. 어쩌면 우리도 재능을 방치하고 있을 수 있다. 이를테면 나는 타투에 조금 재능이 있는 편이다. 예전에 우연히 유명 타투이스트에게 타투를 배울 기회가 있었는데, 스케치 없이 선을 그으며 그림을 그리던 내 습관과 타투는 꽤 잘 맞았다(피부에는 지우개를 쓸 수 없으니까). 하지만 나는 타투이스트가 될 생각도 없었고, 어쭙잖은 마음으로 들어가 그 생태계의 물을 흐리고 싶지도 않았다. 무엇보다 딱히 더 하고 싶을 만큼 재밌게 느껴지지 않았다. 타투는 딱 거기까지였던 셈이다. 이렇듯 재능은 그저 잘하는 것에 그치는 게 아니라는 말이다.

하지 않을 할 일이라면
놓아야 해.

언제나 시간이 정해져
있기 때문이지.

아깝다고 생각하면
쌓아두고 살게 돼.

그럼 뭐가 중요한지
알기 어려워.

잘하는 것 VS 계속할 수 있는 것

잘하는 것과 계속할 수 있는 것 중 나는 후자가 더 강력하다고 본다. 잘하기만 해도 충분히 금방 관둘 수 있다. 잘은 하는데 재미없는 일이라는 거, 다들 하나쯤 있지 않나? 대신 잘하지는 못하는데 잘하고 싶은 일도 있다. 이 역시 쉽지는 않다.

진짜 재능은 잘하는데 재미까지 있는 일이다. 내가 어떤 일에 재미를 느끼는지 파악하는 방법은 간단하다. 아무도 시키지 않았는데 하고 있는지 살펴보면 된다. 앞서 말했듯, 그림을 잘 그리는데 딱히 재미없어하는 친구들은 부모님 권유로 미술학원을 다니는 경우가 많았다. 그렇다면 그림을 못 그리는 친구들은 어땠을까? 잘 그리지 못한다는 걸 스스로 알아 주눅이 들어서인지 그림을 따로 연습하기는 해도, 즐겁게 그리는 것처럼 보이진 않았다.

어려운 일이다. 재미라는 게, 내가 느끼려 한다고 느껴지는 그런 게 아니니까. 하지만 쉽게 생각하면 어려운 문제도 아니다.

억지로 끌려가는 소처럼 뭔가를 하지 말고, 스스로 그냥 걸어가서 소가 풀 뜯어먹듯 할 수 있는 일을 하면 된다. 풀을 먹으라고 시키지 않아도 소가 알아서 먹는 것처럼, 스스로 하게 되는 그런 일들이 있다. 누워 있기, TV 보기, 게으름 피우기 같은 것을 말하는 게 아니다. 누구나 그냥 다 하는 그런 거 말고, 나만 유난히 하게 되는, 지우개 도장 파기처럼 엉뚱한 일들 말이다.

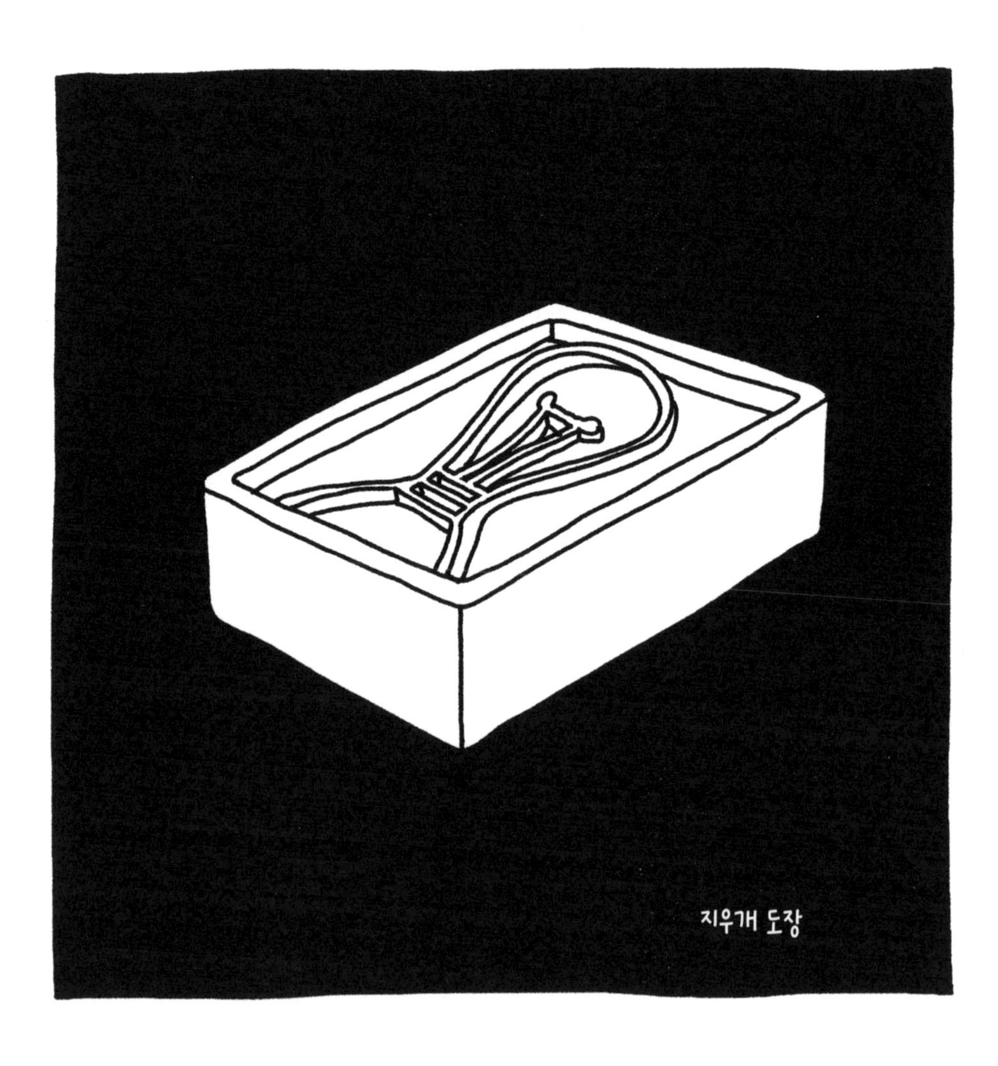
지우개 도장

나는 시키지 않아도 일기를 썼다. 계기는 단순했다. 스무 살 때 내가 좋아하던 작가가 몰스킨에 일기를 써서 잔뜩 모아둔 것을 보고 부러웠기 때문이다. 나는 그보다 한참 어리니 지금 시작하면 그 사람보다 더 많은 몰스킨이 생길 거라 여겼다. 당시 몰스킨은 내 용돈으로는 꽤 비쌌기에 큰마음 먹고 샀다. 표지에 각인을 하고 일기를 적었다. 그 일기라는 걸 서른이 넘어서도 아침마다 적을 거라는 생각은 하지 못하고 말이다.

일기를 돌아보지 않고 적어내는 편이지만, 이따금 일기를 쓰다 말고 앞쪽에 적힌 글들을 읽으면 웃음이 나는 글이 많다. 이상한 꿈을 꿨다고 말하는데, 보면서 이게 뭔 꿈이야(유럽 여행 중이었는데 한옥에서 잤다고 한다) 싶은 글도 있고, 무릎을 탁 칠 만한 깨달음도 있고, 부동산에 대한 집착도 있고(아직도 집착만 있고 행동을 못 했다), 날씨 이야기도 있고 다양하다. 그런 나를 보면, 자신과 많이 친해졌다는 생각이 든다. 말로 마음을 얼마나 털어놓을 수 있는지가 그 척도가 아닌가 싶다. 많은 사람이 자기 자신과 친할 거라 생각하지만 실제로 자신이 어떤 기분이고, 어떤 생각을 하며 살아가고, 무엇이 필요하고, 무엇을 좋아하며 싫어하는지 모르는 사람이 많다. 그건 모르는 게 아니라, 이야기를 한 번도 들어본 적이 없는 것이다. 그걸 나는 자기 자신과 서먹한 상태라 부른다.

가족도 마찬가지다. 거의 20년을 미워하던 친척이 있었는데, 언젠가 오해가 생겨서 전화 통화를 할 일이 생겼다. 난생처음 하는 전화라 서로 번호도 없었다. 그런데 통화를 하면서 처음으로 그 친척을 이해하게 되었다. 못된 사람이라 그런 게 아니라, 그저 정말로 무뚝뚝해서 그랬다는 것을 깨달았다. 그는 정말로 무뚝뚝했기 때문에 사람들에게 다가가는 법을 잘 몰랐다. 아마 자신의 마음과도 비슷한 거리를 두었을 것이다. 스트레스를 안고 살아서 몸 안에 병이 많이 생겼다고 말했다. 내가 그때 이런 대답을 했던 기억이 난다.

"저는 하고 싶은 말을 다 하고 살아서, 다 털어놓진 못해도 적어도 일기에는 적어둬서 그런 걸로 스트레스를 받지는 않아요."

내가 갖고 있는 성격 중 괜찮다고 여기는 부분이다. 나는 늘 솔직하려고 한다. 솔직할 자신이 없으면 일기에라도 털어놓으려 한다. 일기에 털어놓는 걸 어려워하는 사람에겐 말한다. 일기의 보안 강도를 높이라고. 종이에 쓰면 가족이 읽어서 안 쓰게 된다는 사람들이 있다. 그럴 땐 그냥 비밀 블로그나 휴대폰 메모장에 쓰면 된다. 그리고 비밀번호를 제발 0000 같은 걸로 설정해놓지 말고, 그것만 보안을 철저히 하길 바란다. 그러면 되지 않나?

우리는 어느 정도 솔직하게 말하는 사람에게 마음을 연다. 독자도 마찬가지다. 뭔가를 숨기고 있다는 생각이 들면 '응, 나도 딱히 궁금하지 않았어' 하면서 거리를 둔다. 하지만 힘들게라도 뭔가를 꼭 말하고 싶어 하는 사람에게는 용기를 주고 싶다. 귀를 기울이고, 대답을 기다리게 된다. 그러니 솔직해지자. 왜 갑자기 솔직하자는 이야기를 하냐고? 솔직하기 어려우니까 아무것도 못 만드는 사람들이 있을 것 같아서 그렇다. 내가 그랬기도 하고.

솔직하다는 게 뭘까.

어디까지 말하고

어디까지 감출까?

아무도 보지 않는 곳에 숨어
모든 것을 털어내보자.

솔직해지는 법은 간단하다. 좋고 나쁨에 대한 기준을 잠시 내려놓으면 된다. 우리가 솔직하지 못한 건, 그 이야기 혹은 내 모습 등이 좋지 않다고 생각해서 숨기고 싶기 때문이다. 평소에 화장을 아주 두껍게 하는 사람을 떠올려보자. 가리고 싶은 부분이나 바꾸고 싶은 부분이 많으며, 화장 전 모습을 사람들에게 보이는 걸 부끄러워한다. 나는 화장을 아주 얇게 하는 편이다. 내 얼굴에 자신 있어서가 아니라, 뭐 엄청나게 바꿀 필요가 없다고 생각해서다. 내 화장의 목표는 안색 개선이다. 화장을 하지 않으면 다크서클 때문에 조금 피곤해 보인다. 그래서 씩씩한 분위기, 당신을 만날 준비가 되었다는 의사를 표시하기 위해 화장을 한다. 결코 나를 숨기기 위한 화장이 아니다(물론 피곤한 기색은 숨기고 싶다).

엄청나게 자신을 바꾸고 숨길 필요 없이, 내가 가진 모습에서 최대한 자연스러운 아름다움을 발견해보자. 솔직해도 된다는 말이다.

길을 걷다 보면 마주치는 사람들, 전부 다 평범하게 생겼다.

내가 특별히 못난 것이 아니다. 종종 친구들에게 "나 이마가 좁아서"라고 말하면 친구들은 "말하기 전까진 몰랐는데"라고 말한다. 그러니까 그런 것을 굳이 신경 쓰지 않아도 된다. 그렇게 내 외모부터 받아들이는 연습을 하자. 그러면 내 안에서 피어오르는 감정들도 받아들일 수 있다. 그 안에 고약한 게 많을지라도.

실제로 나는 정말로 고약한 생각을 많이 한다. 남들은 그때 이 말을 할걸… 하며 후회한다는데, 나는 주로 아, 그렇게 말하지 말걸… 한다. 살면서 고구마처럼 답답하다는 얘기는 들어본 적 없지만 뾰족하다는 얘기는 자주 들었다. 할 말을 지나치게 하고 사는 성격이다. 하지만 내 머리에 있는 말들 중 한 톨만 말했을 뿐이다. 머릿속에는 더 나쁜 말과 생각이 많이 들어 있다.

할 말을 하는 방법은
쉽습니다.

귀엽게 말하면 됩니다.

물론 그랬다가
후회하기도 하지만,

마음에 담아둘 일은
없습니다.

이렇게 못된 나를 오랫동안 받아들이기 어려웠다. 주변 사람들이 유난히 친절하고 부드러운 이들이어서 그랬을 수 있다. 꼭 나만 속이 문드러지고 모난 사람처럼 느껴지곤 했다. 그리고 나는 잘 웃었지만, 자주 우울했다. 그런 것들도 부정하고 싶었다. 이렇게 행복한 환경에서, 부족함 없이 자랐으면서 왜 슬퍼하고 있는가? 그러니 그런 감정들을 숨기고, 아무에게도 기대지 말자고 생각했다. 내 속은 그렇게 문드러졌다.

내 인생에서 깊은 우울증이 두 번 있었다. 그때 난 두 번 다 자살을 생각했다. 지금의 나로서는 믿기지 않는데, 그때는 정말로 시도 때도 없이 죽고 싶다는 생각을 했다. 나 자신이 마음에 들지 않았고, 앞으로도 마음에 들 것 같지 않았다. 그래서 한때는 창을 보는 게 너무 힘들었다. 그냥 훅하고 뛰어내릴까 봐 두려웠다. 그런데 그때 나를 일으켜 세운 게 오히려 그 찌질한 모습이었다.

내가 좀 찌질해도 세상은 변하는 게 없었다. 어? 괜찮네. 그전에는 찌질하면 안 된다는 강박이 컸는데, 찌질해보니 찌질해도 상관없었다. 그리고 그런 찌질이를 만나주는 친구가 있었다. 유난히 그때 나를 찾아주는 친구가 많았다. 솔직히 그 친구들이 나를 살렸다. 나는 밥을 먹으며 멀끔한 친구의 얼굴을 훔쳐봤다. 그리고 생각했다. 저렇게 좋은 애랑 친구면, 나도 꽤 괜찮은 사람일지도 몰라. 울고 싶었지만 울 만큼 솔직하진 못했기에 젖은 눈을 크게 뜨고 물만 마셨다.

너는 좋은 사람이야.

내가? … 정말로?

응.

그러니까, 세상에 실망 좀 줘도 된다는 말이다. 아무도 그렇게 생각하지 않는다. 내가 좀 못생겨도, 나쁜 생각을 해도, 가진 게 없어도 뭐라고 하지 않는다. 정말로 뭐라고 하는 건 자기 자신일 뿐이다. 실망도 마찬가지다. 그러니 스스로를 조금 너그럽게 봐주면 될 일이다. 원래 다들 민폐를 끼치며 살아간다. 지금 나는 누군가의 민폐를 너그럽게 끌어안을 수 있는 사람이 되고 싶다. 나도 신세를 많이 지면서 살았으니까. 그러니 좀 못해도 괜찮다. 아무런 말이나 해도 괜찮다.

나는 살면서 정말로 말을 못하는 사람을 본 적이 없다. 다들 편해지면 어떤 말이든 꺼내놓을 수 있다. 그것부터 시작하면 된다. 종이를 편하게 생각하자. 내가 잘만 숨기면 아무도 이 종이를 볼 수 없다. 자신을 편하게 생각하자. 그러면 못 할 말이 없다.

나는 매일 엄마와 1시간씩 통화를 한다. 온갖 이야기를 한다. 심지어 성에 대한 이야기도 나눌 수 있는 사이다. 엄마가 내 이야기를 판단하거나 비난하지 않는다는 것을 알기 때문이다. 자기 자신의 마음을 아는 것도 다르지 않다. 판단하거나 비난하지 말고 그저 들어주자. 마음을 털어놓을 종이 한 장쯤은 언제나 곁에서 당신을 기다리고 있다.

혼자 하는 일

일의 종류는 여러 가지지만 내가 하는 일은 크게 두 가지로 나뉜다. 나 혼자 하는 일과 세상과 함께하는 일이다. 중요한 건 둘의 균형이다. 나는 전자를 성공의 조건이라 보고, 후자를 성취의 조건이라 본다.

사람들은 세상에 보여줄 수 있는 일을 성공이나 성취로 생각한다. 하지만 둘은 엄연히 다르다. 내 경험에 비춰보면 성공은 개념이지 이룰 수 있는 목표가 아니다. 눈에 보이지 않는, 항상 지켜나가야 하는 상태에 가깝다. 하지만 성취는 일단 이루고 나면 도장을 찍은 것처럼 흔적이 남는다. 그리고 눈에도 잘 보인다. 혼자 하는 일은 잘 보이지 않고, 세상과 함께 섞이며 이룬 일은 잘 드러난다.

대체로 내 작업이 알려지지 않는다고 우울해하는 경우라면, 대부분 혼자 하는 일만 하고 있을 가능성이 크다. 반면에 여러 가지 일을 하고 있지만 속이 텅 비어 있다고 느끼는 경우라면, 세상과 함께하는 일만 하고 있을 가능성이 크다. 결국 균형이 중요하다.

혼자 그리면 낙서에 그친다.

그림을 가지고
세상에 나가자.

남들이 너한테 뭐라고
할 수도 있어.

그래도 너를 지킬게.

사람뿐만 아니라 세상 모든 일에 완벽한 상태라는 건 없다. 세상의 모든 것은 불안정하기 때문에 안정으로 가기 위해 움직이고 변화한다. 완벽한 사람은 없으며, 있다고 해도 일시적이다. 다시 불균형으로 돌아간다. 그러니까 그걸 얼마나 잘 견디고, 그 안에서 코어를 만들며 균형을 잘 유지하는지가 결국 인생의 전부다. 끝없는 줄타기인 셈이다.

괴롭다고 생각하지 말길. 내가 탈 만한 줄을 타면 된다. 그게 내가 좋아하는 일이다. 앞에서도 말했지만 재미있어야 덜 지친다. 자전거를 시작할 때 친구들이 말했다. "처음에 자전거 고를 때는 그냥 예쁜 자전거를 골라. 네 마음에 들어야 한 번이라도 더 타고, 그래야 자전거의 재미를 느낄 테니까." 혼자 하는 일이든, 세상과 함께 하는 일이든 당신 마음에 들어야 지속할 수 있다.

그렇다면 재미없는 일은 영영 잘할 수 없을까? 다행히 그렇지 않다. 재미있다고 생각하는 것만으로도 우리는 어떤 일을 좋아할 수 있다. 그걸 어떻게 재미있다고 생각할까? 나는 샤워를 싫어했다. 고양이가 물에 젖는 것을 싫어하듯 몸에 물을 끼얹는 일이 싫었고, 온몸에 로션을 바르는 일도 지루했다. 그럼에도 매일 저녁 이 싫은 샤워를 하는 이유는 샤워를 해야 잠을 깊게 잘 수 있어서다. 그래서 나는 샤워를 좋아하기로 다짐했다.

샤워 속에서 내가 좋아하는 순간을 하나씩 찾아냈다. 그중 하나는 수건이다. 건조기에서 갓 나온 보송보송한 수건으로 얼굴을 감싸면 깊은 안도가 찾아온다. 로션을 바르면서는 내 몸을 어루만지는 게 스스로와 친해지는 일 같다고 생각했다. 머리를 말리며 오늘 하루를 돌아보고, 내일을 꿈꾸는 시간을 가졌다. 다 마른 머리를 곱게 빗고, 붙여둔 팩을 뗀 다음 피부를 토닥이면 나는 오늘을 예쁘게 마무리한, 아주 깨끗한 사람이 된다. 지금의 나는 샤워를 사랑한다.

따뜻한 물

부드러운 수건

향기로운 로션

포근한 샤워 가운

유튜브를 시작한 이후 남들이 말하는 성취라는 것을 꼬박꼬박 해왔다. 매년 성장 추이가 좋았다. 1년에 구독자가 15만 명씩 늘어나는 채널을 상상해보라. 100만 유튜버가 되는 게 부담스럽다는 마음을 갖고 있어서인지 현재 숫자가 적당한 87만이다. 아니, 적당은 무슨. 차고 넘치는 숫자다.

버는 돈도 항상 올라갔다. 경기는 나빠졌지만 내가 하는 일은 딱히 경기를 타지 않았다(모두가 시험을 망쳤다고 할 때, 시험을 잘 본 애가 있는 것처럼 자본주의도 마찬가지다. 모두가 어렵다고 할 때도 흔들림 없이 돈을 버는 사람이 있다. 이걸 알아야 희망의 틈을 찾는다). 매력적인 기업의 협업 제안이 꾸준히 들어온다. 전시도 여러 번 하고, 책도 두 권 쓰고, 여러 권에 공저로 참여했다. 그뿐인가? 틈틈이 여행도 다녀왔다. 너무나 좋은 삶이고, 많은 것을 이룬 것처럼 보인다. 하지만 나는 뭔가를 성취할수록 점점 더 내면이 닳는 것을 느꼈다.

전에는 우울의 원인을 회사로 꼽았는데 이제는 탓할 회사도 없는 처지가 된 것이다(내가 사장이니까). 흥미로 가득한 인생임에도 늘 지겹다는 말을 입에 달고 살았다. 어느 날은 일을 마치고 산책을 하는데 심장이 너무 빠르게 뛰었다. 이게 아닌데? 당시 나는 돈도 잘 벌고 있었고, 연애도 하고 있었고, 앞으로 할 일도 많았다. 상황만 보면 무탈한데 무탈하지 않은 기분이 이상했고, 이 상황이 복에 겨운 줄 모르는 내가 답답했다. 그때 나는 이런 결론을 내렸다.

내가 할 수 있는 건 다 했는데 아프다면, 원인은 나일지도 몰라.

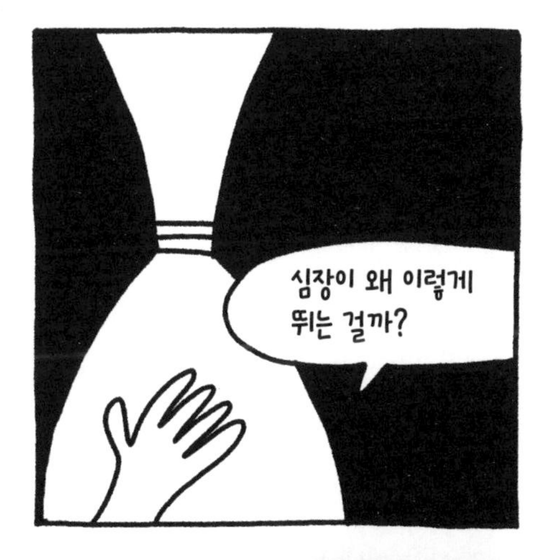
심장이 왜 이렇게
뛰는 걸까?

이 정도면
행복한데…

왜 행복하지 않지?

또 내 잘못인가?

그 후 10개월 정도 꾸준히 심리상담센터를 다녔다. 집에서 아주 가까워서 좋았고, 잘 기대지 못하는 성격이지만 그곳에서는 힘들었던 이야기를 편히 털어놓을 수 있어서 좋았다. 그러던 어느 날 선생님이 이제는 나오지 않아도 된다며 미리 결제한 상담비를 환불해주었다.

집으로 돌아오는 길은 늘 같은 길이었는데 그날따라 마음속에 한 줄기 바람이 부는 것 같았다. 무엇이 내 마음을 스치고 지나간 걸까? 나는 너무 오랫동안 세상과 연결된 나를 잃어버린 상태였다. 하지만 대화를 통해 나 자신을 꺼내놓았고 그렇게 다시 스스로를 만난 것이다. 옅게 지나간 바람은, 나였다. 서먹했던 나 자신과 조금 가까워진 기분이 들었다. 내가 왜 슬펐는지 알았기 때문이다. 나는 중요한 걸 놓치고 있다는 감각에 슬펐던 것이다. 그렇다면 내게 무엇이 중요했을까? 바로 나 자신으로 있을 수 있는 시간이었다.

나는 항상 만나자는 사람이 많다. 그때는 대화를 나누면서도, 잠시 내가 고목나무라는 생각을 한다. 그냥 어떤 나무의 밑동쯤 되어 그 사람을 앉게 하고, 버티고, 이야기를 듣는다. 그게 따뜻한 일임을 알지만 그만큼 내가 나일 수 없는 순간도 많다. 사람들은 그걸 좋아하지만, 나는 가슴속 깊은 곳에서 그 일에 큰 피로를 느끼고 있었다. 타인에게 안식처를 제공하느라 정작 내가 쉴 공간이 없었다. 결론은 심플했다. 내가 나에게 시간을 쓰면 되는 것이었다. 하지만 시간이 없었다. 그러면 어떻게 할까? 만들면 된다.

사람들은 나를 좋아하지.

나도 나랑 같이 시간을 보내고 싶어.

그렇다고 혼자 있고 싶지는 않아.

아침 6시에 일어난다. 일어나자마자 구글에게 말을 걸어 오늘 날씨와 뉴스를 듣는다. 그러곤 일어나 침구를 정리한다. 세수를 꼼꼼하게 한다. 아침에 클렌징 폼을 사용해야 한다는 사실을 당신은 알고 있는가? 침 같은 분비물이 묻을 수도 있고, 베개 등에도 세균이 있으니 깨끗하게 씻어야 한다고 한다. 그래서 나는 정성스럽게 미온수로 얼굴을 씻고, 이를 닦는다. 그다음 스킨케어를 마치고 거실로 나온다. 어젯밤에 설거지해둔 그릇들이 다 말라 있다. 혹여 물기가 있다면 마른행주를 꺼내 닦는다. 그리고 그릇과 수저를 제자리에 놓는다.

그다음 서재로 들어가 불을 켠다. 일기장을 꺼내고 30분 정도 일기를 적는다. 7시부터는 그림을 그리는 시간이다. 조건은 아무에게도 보여주지 않는 그림이다. 내가 평소에 올리는 드로잉 말고, 디지털 페인팅이나 크로키 등을 한다. 손을 풀고, 대상을 연구한다는 느낌으로 그린다. 8시부터 9시까지는 글을 쓴다. 지금 이 글을 이 시간에 쓰고 있다. 글을 쓸 때는 퇴고를 하지 않겠다고 다짐한다. 퇴고를 하면서 쓰니 글이 영 안 써졌다. 일단 써놓으면 미래의 내가 할 것이다. 그렇게 글을 쓰고 9시부터 10시 30분까지 요가학원을 다녀온다. 돌아와서 점심을 먹으면 그제야 휴대폰의 개인 시간 모드가 풀린다. 오전이 온전히 나의 것인 셈이다.

자기 시간을 만들기 위해 할 수 있는 가장 현실적인 방법은 아침에 일찍 일어나는 것이다. 자신에게 중요한 일을 하루의 끝으로 미루면 못 하고 그냥 잘 확률이 높다. 무엇보다 나는 저녁에는 인지 능력이 떨어져 아침에 하는 이런 일들을 도저히 할 수 없다. 일기 쓰기, 그림 그리기, 글쓰기. 저녁에 하면 전부 감상적이고 느끼해진다. 운동은 더 귀찮다.

저녁에는 다음 날 잘 살 수 있도록 샤워나 하고 일찍 잠드는 게 최고의 선택이라는 걸 서른이 되어서야 깨달았다. 그렇다면 오후 1시에서 6시 사이에는 무엇을 하느냐고? 그때 세상과 연결된 일을 한다. 광고, 미팅, 촬영, 약속 등등. 신기하게 돈을 받는 일들은 몇 시에 해도 집중이 잘되었다. 혼자 하는 게 아니다 보니 제대로 해야 한다는 마음이 들어서 그런 것 같다. 그래서 가장 집중력이 떨어지는 대낮에 그런 일들을 한다(오후형 인간은 없다. 오히려 브레이크 타임만 있을 뿐이다). 그런 일이라 함은, 돈을 받는 일을 말한다. 이렇게 생각하면 내가 오전에 하는 일은 주로 투자성 일들이다.

당신이 무슨 일을 하든, 자기 자신에 대한 투자를 병행해야 한다. 사람들은 주로 자기 자신을 팔기에 바쁘다. 내가 느꼈던 허무는 거기에 있었다. 많은 성취를 했지만 돌이켜보면 그만큼 나를 많이 팔았다. 물론 잘 파는 것도 아주 중요하다. 하지만 팔기만 하면 더 이상 팔 게 없어진다. 장사도 결국 길게 봐야 한다. 잘 팔려면 내가 무엇을 갖고 있는지 알아야 하고, 그걸 더 많이 준비해둬야 한다. 계속 아웃풋만 나오는 사람은 없다. 인풋의 시간이 필요하다.

습관은 투자와 같다.

보이지 않아도 조금씩
쌓이고 있다.

이 모든 것은

복리가 되어 돌아온다.

내 유튜브 영상 중 정말 잘된 영상이 하나 있는데, 바로 '비밀이 많은 사람이 되세요'다. 정말로 인기 있고 매력적인 사람들은 저마다 비밀이 있다는 건데, 그 비밀이 느껴져야 궁금한 사람이 된다는 이야기다. 비밀이라는 게 대체 무엇인가? 대단하게 생각할 거 없다. 혼자 있는 시간에 하는 것들이다. 혼자서 어떤 일을 하고 사는지가 그 사람을 설명한다. 혼자 있을 때 그저 넷플릭스를 보고, 배달 음식을 시켜 먹고, 유튜브나 보는 건 누구나 한다. 아니, 오히려 너무 많은 사람이 한다. 그게 평범해지는 길이다.

사람들은 특별해지는 법이 무엇이냐고 묻는다. 혼자 있는 시간을 특별하게 보내면 된다. 그게 전부다. 남들이 오전에 자고 있을 때 혼자 깨어나 일기를 쓰고, 그림을 그리고, 글을 쓰는데 어떻게 평범해지겠는가. 나는 늘 일어나자마자 차를 한잔 마신다. 그리고 아널드 베넷의 문장을 떠올린다.

"어쩌면 인생은 아침에 차 한 잔을 마실 수 있는가 아닌가로 나뉠지도 모른다."

온전한 혼자를 만들면 그때 비로소 혼자가 되지 않을 수 있다고 믿는다. 나는 남들이 입는 대로 입고, 꾸미는 대로 꾸몄다. 기준이 내가 아니라 타인이었다. 그러던 어느 순간 이런 나를 누군가가 좋아해준다면 앞으로도 내가 나로 있을 수 없겠다는 생각이 들었다. 그러면 나는 언제 나일 수 있을까? 내 내면에서 들려오는 이야기를 소홀히 하지 않을 때다. 무엇이 좋고 싫은지 귀 기울이고, 무엇이 나를 행복하게 하는지 일상을 예민하게 감각하며 느낀다. 그리고 나를 더 소중히 여길 방법을 찾고 노력하는 것이다.

나는 아침에 일찍 일어난다고 으스대는 일이 좋다. 누구에게 딱히 말하진 않지만 스스로에게 그렇게 한다. 나 자신에게 사랑받으려면 나 자신이 사랑할 만한 사람이 되면 된다. 나는 오래 품어왔던 이상형을 만났다. 바로 거울 속에 있는 나 자신이다.

나는 실제로 다른 작가들을
잘 모른다.

다행히, 나만 그런 건 아니었다.

롤 모델은 바깥에 있지 않다.

나의 미래에 있다.

세상과 연결된 일

종종 너무 고립되는 사람들이 있다. 요즘 내가 느끼는 위기감이기도 하다. 첫 번째 책은 퇴근하고 틈틈이 썼다. 두 번째 책은 미루고 미루다가 한 호흡에 썼다. 둘 다 다른 스타일이었지만 나는 후자 쪽이 조금 더 마음에 들었다. 책 한 권이 잘 연결된 느낌. 그래서 이 책도 그렇게 쓰고 있다. 하지만 이렇게 한 호흡에 쓰기엔 어려움이 있다. 우선 그런 시간을 마련해야 한다는 것, 이 시간 동안은 사람을 덜 만나야 한다는 것, 그러므로 거절할 일이 늘어난다는 것, 스스로가 거절한 시간 속에서 조금은 외로울 수 있다는 것.

고독 속에 오래 있으면 질식할 것 같은 기분이 든다. 이게 뭐랄까, 몸에 안 좋은 물감으로 그림을 그리는 느낌과 비슷하다. 물감을 써야 그림이 나오는데 그림만 그리면 몸이 안 좋아진다는 말이다. 혼자 있는 것도 그렇다. 고독하기만 한 것은 좋지 않다. 그리고 내가 거절한 것이 아니라, 아무도 나를 찾아주지 않는다면 상황은 더욱 안 좋다. 한때 나도 그랬다. 회사를 관두고 혼자 프리랜서로 일한 2018년이 바로 그때다.

얼마나 고독할 수 있는가?

혼자 있는 걸 좋아하는
내게도 고독은 어렵다.

내게도 잊힌다는 건
두려운 일이다.

하지만 고독의 시간을 잘 보내야,
잊히지 않을 수 있다.

종종 심심할 때 내 인스타그램이나 블로그 기록물을 돌아보곤 한다. 그런데 2018년의 나는 셀카 사진이 압도적으로 많은 것을 보고 충격을 받았다. 어디선가 "인스타그램 피드에 셀카가 많으면 아싸, 남이 찍어준 사진이 많으면 인싸"라는 말을 들었을 때 묘하게 맞는 말이라며 수긍했는데 아싸였던 내 과거를 발견한 것이다. 지금은 셀카를 거의 찍지 않는다. 사람들이 좋은 카메라로 너도 나도 찍어주겠다고 난리다. 나는 내 볼살이 마음에 들지 않아 보톡스를 맞을까 고민하는데, 다들 매력이라며 빼지 말라고 귀엽다고 또 난리다. 사진을 보면 2018년, 20대였던 내가 더 귀여웠다. 그땐 아무도 내 사진을 찍어주지 않았는데, 다섯 살이나 많아진 지금의 나를 귀엽다고 해주는 온도차라니.

하여튼 지금은 연결이 잘되어 있고 안온하게 살고 있지만 그때의 나는 청년 고독사 위험 대상이었다. 돈도 참 못 벌어서 다음 해에 나라에서 주는 지원금을 받기도 했다(동생이 내게 지원금을 신청해보라고 해서 누나가 그 정도는 아니라며

만류했는데, 나라에서 문자가 왔다. 대상자니 받아가라고. 받아보니 내가 1순위였다). 그러니까, 경험해봐서 안다. 고독이라는 게 참 필요하면서도 위험하다.

그때의 난 자기 계발로 꽉 찬 인간이었다. 요즘의 나보다 더했다. 매일 수영을 하고, 미술관에 다니고, 책을 읽고, 영화를 보고. 인풋 그 자체였지만 아웃풋이 너무 없는, 정확히는 아무도 내 아웃풋을 바라지 않던 시절이었다. 그해 아주 더운 여름, 에어컨이 고장 나서 거의 반죽음 상태로 침대에 누워 있던 나는 그런 생각을 했다. 나 죽어도 발견되려면 시간이 좀 걸리겠다. 그리고 동시에 이런 생각을 했다. 나는 절대 잊히지 않을 거야.

인간은 고독에 젖기가 너무 쉽다. 특히 창작을 하는 친구들은 생각이 많아서 더 그렇다. 거기서 조금 벗어나 세상과 연결되려는 마음을 갖는 게 중요하다. 연결이라는 게 꼭 일을 하라는 말이 아니다. 단순한 산책도 큰 도움이 된다.

비둘기와 함께 걷는다.

집에 있는 것보다는 낫다.

세상은 내가 있는지도 모른다.

막막하고, 자유롭다.

Who

누가 하는가?

당신은 어떤 나무인가

내가 일기를 쓰는 이유는 내 마음을 들여다보기 위함이다. 내가 무슨 생각을 하는지, 그리고 어떤 방향으로 나아가고 있는지, 겪은 일에 대해서 어떻게 판단하는지 전부 털어놓는다. 매일 아침 몸무게를 잰다는 기분으로 영혼의 무게를 잰다. 그렇게 털어놓은 나의 일부를 본다. 나는 자신 있게 말할 수 있다. 세상에서 나를 가장 잘 아는 이는 나고, 가장 친한 이도 나라고. 왜냐면 스스로와 나눈 대화가 그 누구보다 많은 사람이기 때문이다.

자기 자신과 서먹한 사람도 많다. 그런 이들은 자신의 감정에 대해서 원인을 알기 어렵다. 아이를 키우는 일과 비슷하다. 아이가 부모에게 마음을 터놓지 않으면 상처가 나도 혼날까 봐 말하지 않는다. 자기 자신의 상태에 대해서도 스스로 부정하고 다그치면 자기 자신조차 알아차리기 어렵다. 나 또한 그런 뜻 모를 우울을 깊게 겪어보았다. 분명히 우울한데, 이유를 모른다. 그러므로 나를 잘 알려면 우선 나 자신과 친해지려는 의식적인 노력이 필요하다. 이건 다른 사람을 사귀는 것과 비슷하면서도 더 까다롭고 어렵다.

까다로운 이연과
친해지는 법!

부담스럽게 다가가기 금지.

선톡 필수. 이연은 먼저
연락하지 않는다.

약속 장소는 이연이 사는 동네!
당신이 직접 와야 한다.

어떤 식으로든 유명해지니 다가오는 사람이 많았다. 어쩔 수 없이 그 안에서 사람을 고르게 된다. 그럴 때 가장 먼저 탈락하는 사람은 배려 없이 다가오는 사람이다. 정보 없이, 다짜고짜 밥을 먹자고 한다. 믿기지 않겠지만 이런 일방적인 연락을 많이 받아왔다. 첫인상은 그저 무례하다는 느낌이 든다.

모든 사람에게는 자신을 지키는 벽이 있다. 그 사람에게 다가가려면 벽을 존중하며, 그 안에서 문을 찾은 후 노크를 해야 한다. 다짜고짜 문도 아니고 벽을 두드리는 사람들이 있다. 그러면 영영 나에게서 어떤 회신도 들을 수 없다. 대체로 내 벽은 방음이 잘되어 있으니까 닿지도 않고. 나는 문이 아니라 벽을 두드리는 사람을 이상하다고 여긴다. 이건 비단 나에게만 해당되는 이야기가 아니다. 대부분의 사람이 비슷할 것이다.

그렇다면 어떤 사람에게 문을 여는가? 진심으로 나를 생각하는 사람이다. 편지에는 보내는 이의 정보가 빼곡히 적혀 있다. 만약 그 이름을 내가 들어봤거나 내 친구의 친구라면, 안심과 호기심을 갖고 봉투를 뜯는다. 그 안에는 정중하게 이런 인사가 적혀 있다.

“안녕하세요? 이전부터 이 집에서 들려오는 노랫소리가 좋다고 생각했어요. 언제나 좋은 노래를 들려주셔서 감사합니다.”

이것이 끝이다. 만나자는 말도, 놀러 오겠다는 말도 없다. 하지만 그것만으로도 충분하다. 자신이 누구인지 알리고 호감을 비치는 것, 그것이 끝이다. 사람들은 자신에게 호감을 보이는 동시에 안전이 보장된 사람에게 마음을 연다. 타인과의 관계에서만 해당되는 일이 아니다. 자기 자신에게도 같은 마음가짐으로 다가가야 한다.

“안녕, 나는 항상 내가 궁금하곤 했어. 내가 무슨 생각을 하는지 궁금해. 항상 귀를 기울일 테니 말해주면 정말 고마울 것 같아. 아직 말하기 어렵다면 기다릴게.”

이렇게 편안하게 다가가는 것이다. 내가 무슨 마음인지 모르겠다며 책망하고 다시 벽을 두드리면 본심은 숨는다. 그러니 부담스럽지 않게 접근해야 한다.

까다로운 이연을
사로잡는 법!

좋은 노래를 추천해준다.

맛있는 식당만 데려간다.

자주 토닥여준다.

나는 나 자신과의 정기적인 대화 시간을 정해놨다. 일종의 데이트인 셈이다. 이건 연애와 다르지 않다. 평소에 문자를 나누며 일상을 공유하는 것처럼 나도 일상을 살면서 스스로에게 계속 묻는다. 오늘 컨디션 어때? 어떤 일들을 하기로 했어? 저녁에는 뭐 해? 시간 괜찮으면 데이트할까?

로맨틱한 스스로에게 반하지 않을 사람이 있을까? 나는 내가 받고 싶은 사랑을 나에게 주는 방식으로 스스로와 대화한다. 그리고 그것은 일종의 사랑에 대한 연습이기도 하다. 언젠가 사랑을 주고 싶은 사람이 나타나면 나는 내가 아는 최고의 다정을 주려 한다. 물론 내가 좋아하는 것과 상대가 좋아하는 게 다를 수 있지만, 따뜻한 말을 싫어하는 사람은 보지 못했다.

요점은 자신에게 따뜻해야 한다는 것이다. 종종 스스로를 심하게 채근하는 사람을 본다. 나는 몰래 울고 있을 그 사람의 자아를 생각한다. 다그치는 자신에게 자신을 드러내기는 쉽지 않다. 그런 사람들은 결국 속에 병이 생긴다. 나는 나 자신과

온갖 싸움을 신나게 해보고 평화를 찾은 터라 이제는 대화하지 않아서 생기는 병은 없다. 결혼은 안 해봤지만, 비슷하다고 생각한다. 문제에 대해 이야기하고 대화할 수 있는 사람이어야 깊어질 수 있지 않을까?

문제가 아예 안 생길 사람을 만날 수는 없다. 마찬가지로 자기 자신이 100퍼센트 마음에 드는 사람도 없다. 하지만 문제에 대해 이야기했을 때 서로 같은 해결책을 찾으려는 사람은 있다. 그런 사람을 만나려면 나 자신부터 그런 사람이 되라는 것이다.

절대적으로 혼자 있는 시간을 늘려보는 것도 도움이 된다. 나는 기숙사를 나와 혼자 독립해서 살기 시작하면서 부쩍 나 자신과 대화를 나눌 시간이 늘었다(이게 정말 결혼이랑 비슷하다). 그 시간에 유튜브나 넷플릭스를 들여다보면 맨날 TV만 보는 남편과 똑같다. 같이 손잡고 저녁 산책이라도 나가면 좋지 않을까? 실제로 나는 이어폰을 두고 자주 혼자 산책한다. 그때는 내게 나눌 대화거리만 챙겨 나간다. 걸으며 묻고, 대답하고, 다시 묻고, 대답한다.

그림을 그리며 깨달은 게 있다. 대상을 알려면 그 순간만큼은 그 대상을 사랑해야 한다. 애정을 갖고, 편견을 내려놓은 순수한 눈으로 바라보는 것이다. 그저 그리기 위해서 무언가를 바라본다는 것. 그것을 왜곡하지 않기 위해서 애쓴다는 것. 그것이 하는 이야기를 듣는다는 것. 그렇게 스스로를 바라볼 수 있다. 나는 그런 사람이 타인도 더욱 사랑할 수 있는 사람이 된다고 믿는다. 사랑을 담아 만든 창작물이 인간의 심장에 가장 가깝게 닿는다.

사랑하는 방법을 알려줄까?

사랑하는 방법?

계속 곁에 머무르는 거야.

그래, 네가 없으면 허전하겠지.

고독에서 뿌리를 발견하는 일

한때 지독한 어둠 속에 갇혔다. 그때 나는 낮밤이 바뀌었고, 매일 퀭한 그림을 그렸고, 불행하다 생각했고, 곁에는 비둘기밖에 없었다.

바닥을 짚어보자. 만져보자. 바퀴벌레 따위 상관하지 말고. 전부 열어서 꺼내자. 악취가 날 것이다. 이제는 버리자. 입지도 않는 군복을 보관하고 있다는 친구의 이야기를 들었다. 군복을 그냥 버리면 외국의 누군가가 그 군복을 가져가서 입는다고 했다. 그러니 군복은 찢어서 버려야 한다는 말이었다. 그렇다면 칼이나 가위를 들고 싹둑 자르자. 군복이 없다고 내가 앞으로 삶을 못 살아갈까? 이제는 답을 피하지 말자. 지금 피하는 건 미래의 내게 무겁게 또 다른 책임을 넘기는 일이다. 우리의 마음에도 그렇게 마주하지 않고 그저 안고만 있던 것들이 있다.

우리 집에는 술이 많다.

사실 술을
좋아하지 않는데

술을 버리지 않은 건

누군가와 함께
마시려고 했던 거다.

내게도 그런 식물이 있었다. 생전에 예쁜 식물이었는데 관리를 못 해서 금방 죽었다. 그런데 그게 너무 크고, 죽은 모습이 처량하면서도 아름다워 버리지 못했다. 어느 날 이제는 정말로 그 식물을 보내줘야겠다는 생각이 들었다. 무려 2년이 지난 후였다. 식물은 죽으면 일반 쓰레기가 된다. 이 식물은 나무에 가까웠기 때문에 가지를 잘라내야 했다. 처음엔 손으로 부러뜨리다가 나중엔 니퍼를 가져왔다. 뚝뚝 가지를 자르다 보니 손에 피가 났다. 밑동으로 갈수록 가지가 점점 두꺼워져 더 이상 자를 수도 없었다. 나중에 사무실에 손님이 오면 도움을 요청해야겠다고 생각했다.

어찌어찌 위에 있는 잔가지는 잘랐지만, 여전히 딱딱하게 화분 모양으로 굳은 흙과 두꺼운 가지가 남았다. 이걸 버렸어야 했는데, 너무 늦게 마주했다. 이 식물도 정말로 부드러웠던 적이 있다. 나는 그걸 기억한다. 그립다는 생각보다는, 그때 버렸어야 한다는 생각을 했다. 발견하기 싫은 것을 마주할 때 나는 정말 많은 것을 오히려 새롭게 발견한다. 그게 얼마나 못생겼는지가 아니라, 내가 얼마나 비겁했는지를 말이다.

그래서 솔직하려고 애쓴다. 아침마다 일기를 쓰는 것도 바로 그 때문이다. 아침에는 아주 고요하고, 종이는 말없이 그냥 내 펜을 기다리고, 나는 그 위에 아무렇게나 쓴다. 최대한 아무렇게나 쓰려고 애쓰는 것이다. 그래도 시원치 않으면 앞장을 둘러보며 이전의 내 생각을 살핀다. 그러곤 다시 백지로 돌아와 말한다. 너 진짜로 그렇게 생각해? … 그러면 진실을 토로한다. 역시나 비겁하게 생각하고 있었다. 하지만 진실을 마주하는 편이 낫다. 비겁함을 고백한 사람은 더 이상 비겁하지 않으니까.

내 일기가 가끔 끔찍하다.

가장 정신이 맑을 때
그런 일기를 들춰본다.

역시 징그럽군.

그런 내가 좋다.

고독의 뿌리에서 당신은 어떤 생각을 하고 있을까? 대체로는 그 근처에도 가지 않는 듯하다. 나는 자주 지하실로 내려갔다 온다. 그래야 내 마음속에 무엇이 있는지 볼 수 있다. 마음에 무엇이 있는지 모르면 불안에 시달리기 마련이다. 창작이라는 건 결국 길게는 자기 수련이다. 할 얘기가 없다는 사람에게 나는 이렇게 말한다. “솔직할 자신이 없는 거겠지.” 사실 내가 나에게 던지는 말이다. 솔직하기 위해서는 내 마음에 무엇이 들어 있는지 자주 들여다봐야 한다. 그리고 그게 그렇게 끔찍하지 않고, 사실은 굉장히 평범한 것들이라는 것도 확인해야 한다.

스스로가 자주 실망스럽고, 비겁하고, 나쁜 생각을 하는 게 그렇게 특별하게 이상한 일인가? 모든 인간이 거의 비슷하다. 자기 자신을 안다는 건, 어두운 일면까지 바라볼 수 있다는 것이다. 내가 나를 감당할 수 없다고 생각했던 시절이 있다. 지금은 다르다. 감당하지 않으면 뭐 어떻게 할 건데?

가시가 있는 나무는 독이 없다고 한다. 오히려 좋은 열매를 갖고 있어서 스스로를 지키기 위해 가시를 만들어낸 것이라 한다. 우리 마음속에 있는 가시도 그런 것이지 않을까? 당신의 마음에 무엇이 들어 있든, 그것이 얼마나 무겁든, 어둡든, 냄새가 나든, 끔찍하든…, 상관없다. 그걸 상관없다고 생각하고 안아줄 당신만 있으면 정말로 괜찮다. 스스로에게 솔직할 시간을 내어주자. 그리고 그 시간을 흠뻑 살아내어 더욱 선명한 자기 자신이 되자.

사람을 적당히 만나는 연습

아빠는 사람을 의심하라고 했다. 엄마는 네 곁에 있는 사람들은 모두 좋은 사람이라고 했다. 나는 그 두 가지 말을 기억하며 살려고 한다. 두 말 다 필요하다. 아무나 들이지 않는 것, 그렇다고 너무나 폐쇄적인 사람이 되지 않는 것.

나는 몇 년 전부터 약속을 좀 줄여야겠다는 말을 입에 달고 살았다. 항상 사람 때문에 너무 바쁘고, 삶의 루틴이 무너지고, 몸이 피곤하고, 나중에는 시달린다는 생각까지 했다. 고백하자면 그 생각을 지금도 한다. 하지만 지금은 고립되지 않는 것이 중요하다고 여긴다. 뭐든 균형감각이 중요한 것처럼 이 또한 적당함의 문제라고 본다.

내 주변에 있는 사람으로 고통받는 사람들은 너무 만나지 않아서 감을 잃어버렸거나, 너무 많이 만나서 자기 자신을 잃어버린 경우였다. 둘 다 어느 정도 겪어보니 사람에 대한 적절한 의심과 믿음으로 인한 수용의 마음가짐이 필요하다. 창작을 하는 것과 관계를 잘 맺는 것이 무슨 상관이 있을까? 사실 나는 창작의 이유를 관계를 맺기 위함이라고 본다. 물론 이런 생각에 반발할 사람이 많다는 것도 안다. "전 누군가에게 인정받으려고 하는 게 아니에요", "창작은 결국 자기만족이죠" 같은 말들. 하지만 가슴에 손을 얹고, 이걸로 정말로 아무런 인정이 필요 없는지, 내 만족에서 그쳤으면 좋겠는지 깊게 자문해보길 바란다. 나는 그럴 자신이 없다. 내가 이만큼 그렸다는 것을, 생각했다는 것을, 썼다는 것을 사람들이 알았으면 좋겠다. 내가 만족하는 것에 사람들도 만족했으면 좋겠다. 오히려 이런 마음이 순수하다고 믿는다. 나는 적어도 솔직했으니까.

작가의 만족도 중요하지만

독자를 신경 쓰지 않을 수 없다.

그렇다고 너무 신경 쓰면

누구도 원치 않는 이상한 것을
만들게 된다.

하지만 다들 이 사실을 너무 쉽게 간과한다. 나만 괜찮으면 된다는 생각에 아무렇게나 만들고, 방치한다. 대학 시절 우리 과에서는 캔버스에 그린 회화 작품 말고도 설치 미술 등 다양한 형태의 작업물을 만들 수 있었다. 당시에 몇백만 원이 든 엄청 큰 작업물을 만든 선배가 있었다. 하지만 학교 측에서는 그 작업물을 치우라고 통보했고, 돈을 들여 폐기했다고 들었다. 그때 깨달았다. 세상이 원하지 않는 건 어디에서도 환영받지 못한다는 것을.

그저 방치할 수는 있다. 하지만 나는 그걸 전시가 아닌 전가라고 본다. 작가라면 최소한 환경오염을 하면 안 된다고 생각한다. 사실 물감은 물을 오염시키고 많은 쓰레기를 만든다. 연필만 하더라도 나무를 깎아 쓰지 않는가? 디지털 작업도 전기를 쓰는 것 자체가 일부 환경오염에 일조하는 과정이다. 옷을 만드는 일과 크게 다르지 않다. 그래서 나는 지속 가능한 패션을 만드는 기업의 윤리를 눈여겨본다. 옷을 평생 수선해주거나, 아니면 잘 찢어지지 않을 소재로 만드는 곳들.

옷이 아닌 다른 창작에도 내구성을 높이는 방법이 무엇일까? 나는 그런 고민을 했다. 분명 방법이 있을 것 같았다. 그렇게 해서 찾은 결론은 이것이다. 사랑받는 것. 이 말은 조심스럽다. 사랑받지 못하는 것이 무용하다고 가볍게 판단할 수 있는 말이니까. "그럼 나는 아직 사랑받는 작업물을 만들지 못하니, 창작을 하면 안 되나요?"라고 물을 수 있다. 아니, 그런 말이 아니다. 세상엔 아직 그러지 못했을 뿐, 사랑받을 잠재력이 있는 것들이 있다. 그런 노력을 해야 사랑받는 무언가도 만들 수 있다. 그렇다면 사랑받지 못하는 것 중 어떤 것이 잠재력을 가진 것일까? 사랑받기 위해 노력한다는 차이가 있다.

사람 이야기를 하다가 뜬금없이 작업 이야기를 하고, 왜 갑자기 사랑받기 위한 노력에 대한 이야기까지 갔나 싶을 것이다. 나는 이런 것들을 연습할 수 있는 가장 기초적인 부분이 인간관계라는 생각이 든다. 창작물은 따지고 보면 다 인간을 위한 것이다. 환경을 왜 생각하는가? 인간이 그 환경에 살기 때문이다. 그러므로 나만을 위한 창작이라는 건 없다. 그건 노력이고, 연습일 때만 해당한다. 결국 세상에 잘 쓰이는 무언가를 만들어야 한다. 하지만 이 말에 갇혀서 무용한 것들을 전부 다 포기하고 경멸하는 사람이 있다. 한때 내가 그랬다. 하지만 지금은 오히려 무용한 것을 연습처럼 해본다. 그 안에서 더 좋은 것과 더 나아갈 부분이 발견된다. 그런 걸 우리는 창의성이라 부른다.

개성과 창의성은 정말 무용한 것에서 발견된다. 지금은 아무것도 아닌 것처럼 보여도 사랑받아 마땅한 것일 수 있다. 그러니 사랑을 발견하고, 그 사랑을 나누는 눈이 필요하다. 그것은 사람 사이에서 연습할 수 있다. 집에서 작업만 한다고 이루어지는 게 아니다.

대학 시절 다양한 유형의 인간들이 있었다. 나는 종종 대학 동기인 친구와 이야기하면서 작업은 좋은데 너무 고립되어 있는 사람을 이야기하면 "아, □□□ 같은 친구?" 하고 바로 한 사람을 떠올린다. 작업은 별로인데 말을 진짜 잘하는 애를 이야기하면 "아, ○○○가 진짜 딱 그랬지" 하고 나오는 사람도 있다. 인간은 별로인데 작업을 잘하는 애도 있었고, 열심히 하는데 잘 모르겠는 애도 있었다. 여기서 제일 잘된 사람은 인간은 별로인데 작업을 잘하는 애였다.

나는 그 사람이 잘된 이유를 안다. 사랑받을 줄 알았던 것이다. 사람들은 사랑할 만한 것을 사랑한다. 고립된 사람은 작업이 좋아도 발견되지 않는다. 말만 잘하는 사람은 신뢰할 수 없다. 열심히는 하는데 애매한 사람은 너무 많다. 결국 진짜 좋은 작업을 하는 사람은 적다.

때론 잘 숨어야 한다.

짜잔 하고 나타나야 하니까.

힘들면 손을 뻗어야 한다.

전부 어려운 일이다.

그렇다면 진짜 좋은 작업은 무엇일까? 나는 인간을 이해하고 있는 창작물이 그렇다고 생각한다. 인간을 이해하기 때문에 인간에 대해 말하고, 인간에게 필요한 메시지를 전하고, 인간에게 대화를 건다. 어떻게 성격은 별로인 사람이 작업을 잘할 수 있었을까? 착한 사람들은 억울할 수 있다. 하지만 착하다고 인간을 잘 아는 게 아니기 때문이라 그렇지 않을까?

당신이 고립된 사람인지 교류하는 사람인지 경향성을 파악할 방법이 하나 있다. 당신이 담긴 사진을 보자. 스스로 찍은 사진이 대다수인지, 남들이 나를 찍어줬거나 같이 찍은 사진이 많은지를 본다. 감정을 다 배제하고, 그냥 비율만 따지는 것이다. 나는 혼자 찍은 사진이 넘쳤던 시절이 있고, 지금은 남이 찍어준 사진이 넘치는 시절을 살고 있다. 무엇이 더 좋다, 나쁘다를 따지자는 게 아니다. 자신이 찍은 사진이 많다면 남들과 함께 어우러지는 시간이 더 필요하다. 남들이 찍어준 사진이 많다면 혼자 있을 시간이 필요하다. 그런 조절 속에서 인간과 관계 맺는 법을 배운다.

내가 처세술이 아닌 사람을 적당히 만나는 연습을 하라고 말하는 데는 이유가 있다. 타인도 사람이고, 나도 사람이다. 그 둘을 다 만나봐야 인간을 이해한다. 사람 속에서만 섞여 살면 자신을 이해하기 어렵다. 자신을 이해하지 못한다는 건, 솔직하기 어렵다는 것이다. 혼자 있을 시간이 별로 없어서 대화를 많이 안 해봤으니까. 그런 상태에서는 창작뿐만 아니라 삶 전반에서 문제가 생긴다. 내가 정말로 하고 싶은 것을 알 길이 없다. 사람들이 가자는 곳에 가게 된다. 그러다 우리는 종종 길을 잃는다.

하지만 너무 걱정할 것 없다. 우리는 늘 멀리 여행해도 결국 약속처럼 집으로 돌아오지 않는가? 언제나 돌아올 수 있다는 생각을 하면 된다. 자전거를 탈 때 넘어지지 않는 방법이 있다. 클릿 슈즈를 착용하면 발이 자전거에 묶이는데, 그걸 항상 자각하고 있으면 된다. 멈출 때 발을 꼭 빼고 브레이크를 잡는다. 자전거가 멈추지 않는 한 넘어지지 않는다. 겁내지 않고, 차근히 순서를 지키면 된다. 두려운 마음에 브레이크부터 잡으면 자전거가 멈추며 넘어진다. 나에게 돌아가는 것도 마찬가지다. 묶인 발을 뺀다. 그런 다음 천천히 비행기가 착륙하듯 내 삶으로 미끄러진다. 그리고 멈춘다. 이제는 걸어가면 된다. 언제나 나를 기다리고 있었던 스스로의 품으로.

주문을 외워두면 좋다. 나는 샤워를 하며 내가 만난 세계와 사람을 씻어내는 의식을 치른다. 머리를 말리면 마음도 깃털처럼 가벼워진다. 그리고 흰 이불에 눕는다. 오늘 내가 세상을 살면서 본 것들을 떠올린다. 소중한 것은 기억하고, 아팠던 일은 다독인다. 모두 다 그럴 수 있는 일이지. 돌아갈 수 있다. 돌아갈 수 있다…. 중요한 것은 믿음이다. 그러면 다음 날 아침 마법처럼 새로운 하루가 주어진다.

아널드 베넷은 매일 아침 우리의 지갑에 신권 24시간이 주어진다고 했다. 그 빳빳한 새 시간들을 소중히 헤아린다. 오늘은 어떻게 살아볼까?

얼마큼 솔직할 수 있는가

이 책에서 솔직하라는 말을 수도 없이 했지만, 나 또한 단 한 줄도 못 쓸 것 같은 기분이 들 때가 있다. 스스로가 무슨 생각을 하는지, 어떤 기분인지, 대체 왜 슬프고 우울한지 알 수 없는 때가 있는 것처럼 말이다. 그렇게 입을 꾹 다물고 있는 아이를 한번 상상해보자.

넌 대체 애가 무슨
생각을 하는 거니?

말을 좀 해!

답답하게 그러고 있지 말고!

대체 무슨 말을
할 수 있을까?

다그치면 도망치게 된다. 나는 조용한 사람의 마음을 얻는 법을 알고 있다. 똑같이 조용히 말을 거는 것이다. 사람들은 소란스럽지? 나는 아까부터 너를 보고 있었어. 무슨 생각 중이었니? 그리고 가만히 기다린다, 그가 편안해질 때까지. 중요한 것은 그를 바라보는 눈빛이다. 무엇도 얻을 생각 없는 순수한 눈빛. 판단하지 않는 마음.

누군가가 나를 그렇게 편안한 눈으로 바라봐 주고 귀를 기울인다면 우리는 무엇이든 털어놓고 싶어진다. 당신의 백지를 그렇게 생각하라. 일어나자마자 무엇이든 적는 것이다. 멋있게 쓰려는 생각은 다 내려놓자. 멋있는 글을 쓸 시간은 많다. 하지만 솔직한 글은 굳이 시간 내서 쓰지 않으면 써두기 어렵다. 그리고 그렇게 솔직할 시간이 없으면 자신의 마음을 알기 어렵다.

나는 내 마음을 단정하지 않고 쭉 써두었다가 보고 판단하는 편이다. 나만 해도 마음이 매일 바뀐다. 누군가는 그런 말을 했다. 파도가 쳐야 바다다. 내 마음이 살아 있기 때문에 출렁이는 거라고. 내 마음의 파도가 어떤 섬으로 향하는지를 기록한다. 일기장은 내 마음의 파도 일지인 셈이다. 내가 누군지 알아야 어디로 항해할지 알 수 있다. 창작은 노를 젓는 일과 같다. 가고 싶은 방향으로 가고자 하는 작은 바람이며, 실제로 우리를 꿈으로 나아가게 하는 힘이다. 어디로 가야 할지 모르겠다면 고개를 들어 별을 보며 항해하자.

내가 퇴사를 고민할 때, 직장 동료들은 그런 나를 말렸다. 내가 원하는 대답을 바다에서 구할 수는 없는 상황이었다. 바다는 방향을 알려주지 않으니까. 종종 파도가 엉뚱한 쪽으로 향하기도 한다. 그럴 때는 더 큰 것을 봐야 한다. 바로 하늘이다. 언제나 당신이 원하는 별이 선명히 빛나고 있을 것이다. 당신의 별을 찾아야 한다. 그리고 그 별은 영영 당신과 연결되어 있다. 그리고 당신을 위한 단 하나의 별이 된다. 왜냐고? 우리가 그 별을 소중하게 생각하니까.

너무 많은 소리가 들리면

귀를 막고 눈을 감자.

당신은 이미 알고 있다.

솔직하기만 하면 된다.

나는 하루키의 말을 듣기로 했다. 재즈 바가 잘되고 있었고, 그럭저럭 안정된 30대의 삶이었지만 글을 쓰기로 했다고. 분명 쉽지 않은 결정이었을 것이다. 하지만 그래서 그는 글을 쓰는 별로 가지 않았는가? 그리고 그가 나의 별이 되지 않았는가?

내가 낸 용기가 누군가에게도 빛이 되고 별처럼 멀리서 빛날 거란 생각이 든다. 그러면 책임감이 생긴다. 나의 도전은 단지 나만을 위한 일이 아니야. 멈춰 있을 시간이 없다. 그리고 고민하는 마음도 우리가 살아 있다는 증거다. 같은 에너지라면 나는 흔들리기보다는 나를 나아가게 하는 노 젓기에 마음을 쏟고 싶다.

당신은 얼마만큼 솔직할 수 있는가? 당신의 파도를 주시할 수 있는가? 모두가 망망대해를 보며 포기할 때 고개를 들어 별을 올려다볼 힘이 있는가? 그 별을 바라보며 내가 진정 원하는 것을 발견하고, 인정하고, 거기에 온 힘을 쏟을 수 있는가?

그 모든 대답이 “그렇다”라면 창작할 준비는 충분히 된 것이다. 그러니 이제는 자신을 믿고 걸어가도 된다.

이 말을 해주고 싶었다.

마무리

나는 오랫동안 사랑을 믿지 않았다. 그래서 사랑을 볼 수 없었다. 믿지 않는 자의 눈에는 나타나지 않는다. 사랑은 대체 무엇일까? 마음을 쏟는 것, 대가를 바라지 않는 것, 나를 웃게 하는 것, 지켜주고 싶은 것. 나는 이 모든 것을 항상 느끼며 살고 있었다. 그림에, 글쓰기에, 말하기에, 사람들에게.

엘리자베스 길버트는 "내가 선택한 것은 사랑이다. 괴로움보다는 언제나, 사랑"이라고 말했다. 결국 이 모든 것도 선택의 문제인 듯싶다. 나는 종종 불행을 선택하곤 했다. 그게 내가 지금 누워 있어도 된다는 합리적인 이유가 되어주니까. 하지만 슬퍼만 하기엔 세상이 너무 아름답다. 내가 우울에 젖어 있을 때도 해는 뜨고, 누군가는 그림을 그리고, 방문을 잠가도 문자가 온다. 이토록 사랑스러운 세상을 사랑하지 않을 이유가 없었는데 나는 늘 도망만 쳤다. 이 책은 나의 솔직한 마주함이다. 돌아보지 않으려 애를 쓰며 썼다. 내가 창작에 대해서 어떻게 느끼는지, 최대한 거짓 없이 말하기 위해 그냥 앞만 보고 떠오르는 생각들을 내뱉었다.

이 책을 쓰는 데 4년이 걸렸다는 건 아무도 몰랐을 것이다. 실제로 쓰는 데는 한두 달이 걸렸지만, 4년의 망설임 끝에야, 그리고 더 오랜 시간이 지나도 창작을 모를 것이라는 깨달음을 얻고서야 그냥 워드를 켜고 글을 썼다. 아는 게 없다고 생각했는데 쓰려고 하니 뭐든 써지는 게 신기했다. 그리고 끝이 다가와서 이상했다. 창작 노트에 언제인지도 모를 내가 이런 말을 써둔 것을 발견했다.

사랑하는 것들을 하면 된다.
사랑으로 무언가를 만드는 삶.
그것이 창작하는 삶이다.

이 책을 통해 하고 싶은 말은 정말 많았지만, 그중에서도 가장 힘주어 말하고 싶었던 건 꼭 그림이 아니어도 된다는 것이었다. 오래 맺어온 무언가 때문에 오히려 나아가지 못하는 사람들을 자주 봤다. 그리고 그 모습에서 나를 발견했다. 내가 더 멀리 항해할 수 있었던 건 그림에 쏟던 마음을 다른 곳에도 주었기 때문이다.

당신의 사랑을 기다리는 것들이 생각보다 많다는 얘기를 해주고 싶었다. 나는 그런 줄 몰랐다. 너무 오래도 몰랐다. 그래서 그림을 떠나고 싶어 하는 내 마음속에서 죄책감을 많이 느꼈다. 하지만 이제는 안다. 나는 그림을 떠나지 않고, 그림도 나를 떠나지 않는다는 것을. 더 많은 사랑을 할수록 사랑을 더 잘하게 된다는 걸 깨달았다.

창작은 당신이 사랑하는 것들에 대해 말하는 방식이다. 증오에 대해서도 말할 수 있지만 그 안에도 끝끝내 생에 대한 사랑이 깃들어 있다. 잘 살고 있으니 미워도 하는 것이다. 그러니 눈물이 나면 울어도 된다. 부끄러우면 숨어도 된다. 마지막 장에서 말했던 것처럼, 돌아가서 화해하는 방법만 알면 된다. 샤워로 세상과 슬픔을 씻어낸 후 깊은 잠을 자는 것이다. 그러면 아침이 온다. 햇살이 내게 손 내미는 모습을 보고 다시 애써보고 싶은 기분이 드는, 그런 때가 반드시 온다.